ノゾミくん、こっちにおいで

水生大海

ポプラ文庫

目次

ノゾミくん、
こっちにおいで

序章

《この間聞いた話なんだけどね。願いごとが実現する、とっておきの方法があるんだって》
《え、なになに？》
《ノゾミくん。知ってる？》
スマートフォンの液晶画面を、少女は見つめる。ノゾミくん。誰だろう。
《おまえ、ノゾミくんの伝説って知ってるか》
《ネットで見たことある。海のそばでお願いするって話だよな》
《オレは女子が話してるとこに遭遇してさ。けど調べたらなんだかヤバそうなんだよな。だってそのノゾミってやつさ……》
少年はキーボードを操り、友人とのトーク画面に話しかける。それを続けつつ、別のタブで検索ページを開き、以前読んだノゾミくんの記事を探す。

《ノゾミくん、こっちにおいで。そう呼びかけるんだって。ねえ、一緒にやろ！》
《いやいや、うちら海なし県に住んでんですけど》
《夏休みになったら海に遊びに行こうよ。せっかくだし鎌倉とか湘南とかで美味しいもの食べて》

爪を塗り、観光地を紹介するテレビ番組を楽しみながら、少女はタブレット端末越しに会話をする。ノゾミくん、和スイーツ、アイスキャンディ、頭の中で次々に切り替えながら。

そして別の少女たちもまた、よく似た会話をWi-Fiや移動通信システムに乗せて運んでいた。

《土日を挟む試験って、ありえなくない？　私たちを遊ばせないためなんだよ、きっと》
《終わった月曜は、ぱーっと遊ぼう。カラオケ？　スイーツ三昧？　由夢のやりたいことにつきあうよ》
《ノゾミくん！》
《それ、どこのクラスの子？》

《美咲は知らない？　ノゾミくん。今ネットで話題の都市伝説。友だちの友だちから聞いた話なんだけどー》
《友だち？　誰から？》
《誰とかじゃなくて、そういうはじまり方をするのが都市伝説の王道なんだよ》
《むかしむかしあるところにー、みたいな？》
《そうそれ。ノゾミくんに願いごとをすると、どんなことでも応えてくれるらしいよ。ただし願うのは心の底からの思い。つまりひとつだけね》
《心の底からの思い？》
《切実な願いってことじゃない？　絶対無理だって言われてた学校に合格した子とか、明日にでも死んじゃうって診断された愛犬が元気になったとか、いろいろあるらしいよ》
《まじ？》
《まじまじ。興味ない？　美咲には実現させたい願い、ある？》
《あるにはある。それ本当に効くの？》
《一緒にやろうよ。試験が終わった月曜日の夜》
《夜？　あんまり遅いのはアレなんだけど》
《八時。お兄ちゃんについてきてもらえばいいじゃん。九時には家に帰れるよ》
《わかった。つきあう》

《やった。鏡を持ってきて。二枚》
《鏡を二枚？》
《合わせ鏡ってわかる？　鏡の映る面を平行に合わせるの。そうすると鏡の中が重なって、間に道ができるわけ。夜の八時、海のそばでそれをすると、ノゾミくんが鏡の中から現れるんだって》
《なんで海のそば？》
《海のそばの病院でノゾミくんが死んだから。死亡時刻が夜八時》
《死んだの？　それ怖くない？》
《だいじょうぶ。ノゾミくんは海を見ながら思ってたんだって。お医者さんも看護師さんもみんな自分に親切にしてくれるけど、自分は誰にも恩返しができない。だから自分も、誰かの願いをかなえてあげたいって。ちょっと感動しない？》

第一章　月曜日

1　逸子

終鈴が津久勢高校一年五組の教室に鳴り響いた。生徒たちが解放感に溢れた顔を上げる。遠山逸子もほっとした。

一学期の期末試験、これにて終了だ。生徒たちは今日、友人たちと打ち上げに興じるのだろう。

こちら教師は試験の結果をもって、一、二年生に対しては理解不足の箇所を見つけ、三年生に対しては進学先を絞りこむ手伝いをしなくてはいけない。彼らの将来のために。

――将来。その言葉が今ごろになって、逸子の胸を苦しくさせている。

なぜ、このタイミングなんだろう。

勤めている天文台に欠員が出たと、大学時代の先輩からメールをもらったのが数日前のことだ。臨時職員だけどと前置きをされ、ぜひ来てほしい、正職員として登用の目もあるから、と心躍る言葉が並んでいた。先輩は即答を求めてきたが、少し待ってほしいと頼んだ。ずっと希望していた職だ。心は躍る。けれど一方で、手放しでは喜べない気持ちもある。

せめて一学期が終わるまで。いや、本音では年度末まで待ってほしい。逸子がクラス担任をしているのは一年生だが、授業は三年生も受け持っている。バスケ部の顧問もしている。途中で投げだしたくはない。

それに……

「先生さよならー、またねー」

笑顔の女子生徒から声をかけられた。

「明日は普通に授業があるんだからね。羽目を外さないでよ」

わかってるって、と生徒は答え、隣に並ぶ男子生徒と目線を交わす。そのまま自然と上がる口角、隠しきれない気持ちで溢れている。

そういえばこのふたり、噂になっていたっけ。

逸子はふたりに手を振った。学校は、男女交際についてよほどのことがなければ黙認だ。津久勢高校は当地域ではそれなりの進学校で、生徒もその自覚を持っている。彼氏彼女を作っても、成績がガタ落ちする生徒は少ない。大きな問題が起こったこともない。——そう、生徒同士なら問題ない。

「逸子先生！　また明日！」

別の女子生徒——古滝美咲がおどけるように片手を上げた。童顔で華奢な美咲は、小柄な割に手足が長い。

「元気ね。さては結果に自信があるな」

「ばっちり！　お兄ちゃんにヤマかけてもらったとこが当たった。期待してて」

「美咲はいいよねー。学年トップのお兄ちゃんが家庭教師代わりなんだもん」

いつも美咲と一緒にいる菅野由夢が、唇を尖らせた。ハスキーボイスとゆるい天然ウェーブのかかった髪が、十五歳という年齢より大人びた印象に見せている。

「由夢にもヤマ教えたじゃない。それにトップは盛りすぎ。せいぜい……五位？」

「じゅうぶん自慢！」

対照的なふたりが笑いながらじゃれていた。

「今晩もね、由夢とお兄ちゃんと三人で一緒に――」

「美咲、美咲、声大きい。人が増えちゃう」

由夢が美咲の言葉を止めた。ダメ？　だってさー、と小声でつつきあっている。

「なあに？　三人で映画でも観にいくの？」

逸子の問いに、美咲が嬉しそうに返事をする。

「なんでもないでーす。ごはん食べに行くだけ。じゃあね！」

「あまり遅くならないようにね」

手を振りながら美咲たちが遠ざかっていった。

試験終了記念で逸子先生の部屋に行きたいんだけどなー、とねだってきたのは克己だ。逸子はわずかな淋しさを覚える。けれどその気持ちをすぐに追いだした。

断りきれずに困っていたのだから、これでよかったのだ。

答案用紙を持って職員室に戻った逸子は、スマホの震えを感じた。

《逸子先生、体育館で待ってる》

克己のことを考えていたせいだろうか、ＬＩＮＥのメッセージがやってきた。古滝克己。美咲の二歳上の兄。この夏で引退するバスケ部の部員。そして……生徒とのメールやＬＩＮＥのやりとりは禁じられているが、克己は逸子のアカウントを知っている。

テスト期間は部活も休みだ。ただ終了日の今日は、申請があれば自主練扱いとして認めている。バスケ部の申請は、男子部も女子部も出ていなかった。逸子は女子部のほうの顧問だが、男子部の顧問が別の部も兼任しているので、体よく使われている。

男子部が揃っているのか、彼だけが待っているのかわからないが、顔を出しておかねば、と逸子は体育館へと足を向けた。

――人はいつ、恋に落ちるのだろう。揺らいでいたときに落ちた恋は、幸せを運んでくれるのだろうか。

体育館に近づくと、ボールの音が聞こえた。バレー部の顧問の声もする。うちの子たちはどこに、と開け放たれた扉から入ると、克己がひとり、ドリブルの練習をしていた。体操服ではなく、白シャツとチェックのパンツという制服姿だ。

「試験はどうだった？」

逸子が声をかけると、克己は笑ってボールを投げてきた。百八十センチを超える長身についた童顔がバランスを崩していて、より子供っぽく、より背が高く見える。

「一緒にプレイしない？　ずっと机に向かってたから疲れた。やっぱり身体動かすのは楽しいよね。引退したくないなあ」

「やらないよ。こちらはこれからが仕事。古滝くんも、気を抜くには早いんじゃない？」

「わかってるって。あと半年、たった半年の我慢。だよね？」

意味深な視線を向けてくる克己に、ボールを投げ返す。

「そうだよ。まずは大学生にならなきゃね。志望校、決めた？」

「まだ悩み中。だってやりたいことが決めきれないんだ。バイオ関係、面白そうだろ。建築や工学にも興味がある。逸子先生に話を聞いて、天文や宇宙も奥深いなと思った」

克己が、きれいなシュートを決める。

うらやましい、と逸子は思った。十八歳、高校三年生。道はいくらでもあるし、夢はいくつでも持てる。吸収する時間もたっぷりある。

たった九つしか違わないのに、その時間の差は無限にも近い。九年前には思ってもみなかった。ただ、そんな時間が突然なくなるのもたしかだ。限られている時間を、自分が奪ってもいいんだろうか。

「だけどさ」

克己はフェイントをかけるようにボールを近寄せ、顔も寄せてくる。

「逸子先生見ていると、教師もいいなって思う。人を育てるってすごいことじゃない？」

「ダメだよ」

逸子はボールを奪って、克己から身体を離した。ドリブルをして、動揺を整える。すぐ近くにバレー部の人たちがいるっていうのに、なんてことをするんだ。

「わたしなんて参考にしちゃダメ。もっと真剣に、自分の就きたい職業や将来性を考えて――」

「そうですよ。遠山先生はたいした先生じゃない」

ふいに、背後から声がした。驚いて止まった手がボールを弾いてしまい、転がっていく。

「教師はじゅうぶんに誇れる職業だけど、古滝くんの成績から考えればもったいない。少しがんばれば医学部だって狙えるぞ」

やってきたのは、学年主任の鈴木だった。逸子に向ける冷たい目は、いつものこと。ふたりが醸していた空気には気づかれなかったようだ。

「オレ、血を見るのが嫌いなんです。木村先輩と同じように」

克己がわざと、鈴木を刺激する。鈴木はそれを無視して、逸子を睨んだ。

「遠山先生。女子部の但野になにを言ったんですか？　今後一切、進路指導に関わらないでいただきたいと申しあげたはずですよね。あなたは部活の指導だけしていればいいんです」

「但野ですか？　悩んでいると言うから、相談に乗ったんです」

「彼女の親から苦情がきましたよ。いまさら大学のランクを上げたいなんて言いだしたと。無責任じゃないですか。浪人してもいいんですか」

「就職活動まで視野に入れてがんばりなさいと励ましただけです。でもどうして鈴木先生が但野さんのことを？」

「親戚なんですよ。但野の家は、下に男の子がふたりいるから彼女にお金をかけられない。地元の大学を出て地元で就職して結婚してほしい、それが親の願いなんです」

「今は女の子と男の子に差をつける時代じゃありませんよ」

「理想はそうでしょうけどね。僕は現実の話をしてるんですよ。金を出すのは遠山先生じゃない。あなたはいつも、遠いところしか見ない。まさに名は体を表すですね」

　おおぎょうに肩をすくめ、鈴木は溜息をついた。

「但野がなに言ったか知らないけど、木村先輩への進路指導は正解でしょ。だって無理だよ。木村先輩に医者やらせるなんて」

　克己が逸子をかばうように鈴木との間に入った。背の低い鈴木を見下げる。

「古滝くんには関係のない話ですよ」

　鈴木は身体を傾けて克己を避けながら、逸子に向けて続ける。

「木村くんの親からは、今でも文句が来るんですよ。うちの学校はあちらの病院にいろいろとお世話になってますからね」

　木村の親は、ここ津久勢市で市民病院に次いで大きな病院、木村総合病院の経営者だ。木村は跡を継ぐよう嘱望（しょくぼう）され、成績もトップを走っていた。そんな木村が医学部受験をやめたいと言いだしたのは、ちょうど一年前、三年生の夏休み直前だった。周囲も、当時担任だった逸子も反対した。しかし木村は悩んだ末の結論だという。血を見ると気が遠くなるから、医者は無理なのだと。

「木村くんは練習中に鼻血を見て倒れたことがあります。彼自身が血を出したわけでもないのに、真っ青になって震えて。医者には向いていないと思います」

「衝突して鼻血出したのはオレなのに、放置だぜ」

克己がつっこんでくる。

「気合いの問題でしょう。最終的には本人だって医学部を受けたじゃないですか。不合格だったのは準備が遅れたためです。正しい指導があれば、木村くんも無事に大学生活を送っていたはず。遠山先生の責任です」

「浪人生活を送らせている責任は感じています。ただ、本人の納得しない道に進ませては、あとあと後悔します」

目標が見つからないという木村に、将来まで見据えてと伝えたものの、本人が志望先を絞れない。逸子も提案しきれないままだった。理系にこだわらず文系の学部も視野に入れてみてはとアドバイスをしたが、やっぱり医学部を受けると、木村は出願ギリギリに再び言を変えた。

「オレらの間では、木村先輩、わざと落ちたって噂だけどねー」

克己の言葉に、鈴木がうんざりとした表情になる。

「デマなど流さず、古滝くんも自分自身のことをまじめに考えなさい」

「まじめに考えてるから、遠山先生に相談してるんですよ。オレは逸子先生を信頼してるんで。それに木村先輩もこの半年、自分の将来をゆっくり考えてるそうですよ」

「木村くんが？　どこを受けるつもりなんだ？」

「親に訊(き)いたらどうですか。いろいろお世話になってるんですよねえ」

克己がしれっと嫌みを言う。鈴木が眉を上げた。

「古滝くん、きみはもう少し謙虚さを覚えなさい」

「肝(きも)に銘(めい)じます」

克己は平然としている。逸子は胃が痛くなりそうだと思いつつ、これだけは伝えなくてはと笑顔を作った。

「態度の悪さは、わたしも注意します。ただ、謙虚という言葉で生徒の意見をシャットアウトしないでください」

　相手に謙虚さを求めるのは、自分に逆らうなという圧力だ。

「これは失礼。いやあ、遠山先生は人気がありますね。しかし無責任に煽(あお)らないように。輝かしい理想に燃える熱血教師もよろしいが、生徒にだけ媚(こ)びられても困ります」

「わたしは熱血ではないし、媚びているつもりもありません」

「なによりです。二度と問題を起こさないでください」

尖った言葉を残し、鈴木が去っていった。逸子は転がったボールを拾いに走る。

但野にしても木村にしても、逸子はただ、本人が後悔しないようにと思っただけだ。

自分が、後悔しているから。

天文台で星の観測や研究をする、訪れる人々に夜空の美しさを知ってもらう。死んだ父親がよくプラネタリウムに連れていってくれたこともあり、小さなころからの夢だった。しかし就職活動の段階で弾かれ、奨学金を返済する必要もあって教師になった。夢は諦めた。そう言いながら諦めきれていなかったんだろう。何人かの先輩に連絡をとり、欠員の知らせを待つようになった。

その夢が目の前にある。でも今の仕事を投げだすことはできない。

持ってきたボールを、克己が奪った。

「気にするなよ、逸子先生。木村先輩は慎重な性格じゃん。考えに考えて、それでも結論が出なかったから一年先送りにしただけだって」

「わかってるよ」

克己はボールを右、左とドリブルする。

「逸子先生も、木村先輩にとって一番いい道をって、一緒に考えてただろ。資料を揃えて、ネットでも調べて、親との間に入って。あのときの先生、熱かった。オレたち部員も、先生が頼もしかった。自分たちのことも同じように守ってくれるだろうと期待した。但野もそう考えたから先生に相談したんじゃないの？　オレも、そんな逸子先生に惚れたんだ」

「古滝くん。そういうの、軽々しく言わない」

「軽々しいから言えるの」

克己はドリブルをしながらゴールポストに向かった。鮮やかにシュートを決め、にっこりと笑いかけてくる。

「きみもいいかげん志望先を決めなよ」

「逸子先生と一緒に考えたいんだよ。だから先生の部屋に行かせて」

克己が小声になって、逸子にボールを渡す。

「学校でその話をしないで。わざとやってるでしょう」

「いいじゃん。スリルがあって」

克己は楽しげだ。

木村のことが、克己とつきあうきっかけになった。克己は、オレたち部員も頼もしかったと言うが、そういう流れを作ってくれたのは克己だ。同僚教師はもちろん、最初は生徒からも冷ややかな目で見られていたのだ。生徒らは、親とのいざこざも志望を決めきれないのも木村の自己責任だとばかりに距離を置いていた。そんな冷淡さが解けていったのは、木村は面倒見のいい先輩じゃないか、逸子は顧問よりも男子部の活動を助けてくれているじゃないかと、強く訴えた克己のおかげだ。逸子はきっと、部員ひとりひとりの盾になってくれるはずだと。

守ってくれたから好きになったんだろうか。弱った心が動いたのだろうか。

いつのまにか克己は、誰よりも頼もしい存在となった。

教師のくせに、浅はかな感情にとらわれたものだ。手を離すべきだと何度も考えた。

けれど顔を合わせると、どうしても距離が保てない。克己もまた逸子を、以前から憧（あこが）れの女性として見ていたと告白する。逸子にはストッパーがあるが克己にはストッパーがないので、気持ちを告げたと同時に積極的に押してくる。心のなかに入りこまれて杭を打たれ、もう抜けない。

それでも卒業まで、半年待ってと伝えている。

教師を辞めたら、そんな気持ちも楽になるだろう。夢だってかなう。だけど無責任だ。教師として受験を迎える克己を支えたい、そんな気持ちもある。

「そんなに困らせちゃった？　それとも鈴木先生の言ったこと、気にしてるの？」

克己が、優しい顔になって訊（たず）ねてくる。この気遣いに、逸子は弱い。克己は妹がいるせいか、表情から気持ちを読み取るのがうまいのだ。

「ごめん、だいじょうぶ。鈴木先生のことも気にしてないよ。自分自身がふがいないだけ」

「なんで？　自己評価が低いのはよくないよ。悩みがあるならオレが聞いてやろうか？　ってわけで今日こそ部屋に——」

「なにを大人ぶってるの。それに今日は、美咲ちゃんと約束があるんでしょう？　食事に行くって聞いたよ」

「あいつのいつものわがままだよ。無視無視」

「そんなこと言って。楽しみにしてるみたいだったよ」

「食事はおまけなんだよ。目的はおまじないだ。やりたければ美咲と由夢ちゃんのふたりでやればいいんだって」

「おまじない？」

「ノゾミくんの伝説って知ってる？　逸子先生」

「人？　それとも新幹線？」

「今、流行の都市伝説らしいよ。海のそばで、夜の八時に合わせ鏡をしてノゾミくんに願いごとをするとどんなことでも応えてくれる、実現できるんだってさ」

「海のそばで八時？　危ないじゃない」

「久瀬浦（くぜうら）の海水浴場でやるって言ってた。バス停はすぐそばだし、県道を挟んだこっち側は店がたくさんあって明るいし、だいじょうぶだよ」

「明るい暗いの問題じゃないよ。そんなところに女の子ふたりで行かせるなんてダメ。克己くんが行かないなら、どちらかの親御さんに来てもらわないと」

「親に来させると思う？　それに八時ならそれほど遅くは」

「変な男の人がいるかもしれないってこと。わたしが行こうか」

　口に出してから、ではなぜ逸子が自分たちの行き先を知っているのか、と怪しまれることに気づいた。逸子が聞いているのは、兄と食事に行くということだけなのだから。

　克己が、あーあ、と天を仰ぐ。

「いいよ、逸子先生は来なくて。しょーがねーなー、つきあうか」
「がんばってね、お兄ちゃん。じゃあわたしは採点作業に戻るから、ちゃんと片づけて帰るように」
「オレももう帰るよ。逸子先生に自慢のオムライス、作ってあげたかったのになー」
「半年後を楽しみにしてる」
「そんな先？　厳しいなあ」
逸子は先に体育館を出た。歩いていると、またスマホが震えた。克己だ。
《からかってごめん。今度ゆっくりデートしようよ。別々の電車に乗って、ちょっと遠くに行こう。それなら誰にもばれないよ》
《それよりも早く、志望校を絞りなさい。なにになりたいの？　なにが勉強したいの？　たとえば同じ農学部でも、大学によって研究できる分野が違ったりするんだよ》
《大学選び、つきあってくれる？　見学についてきてくれる？》
《克己くんはまだその前の段階だよ》
克己とのつきあいは、スマホでのメッセージが中心だ。毎日多くの言葉を交わしあう。

　ひとまえでは古滝くんと呼んでいるが、ふたりだけのときは克己くんと呼ぶ。克己が望んだ。ふたりの交際は制約が多すぎて、克己になにもしてあげることができない。せめてそれくらいは。

　逸子はしばらく、大学についてスマホ越しに会話をした。そろそろ切り上げようと送った数分後、克己からさらにメッセージが届いた。

《逸子先生ならなにを願う？　ノゾミくんに》

　逸子はしばし考える。

　願い。自分が実現させたい願いってなんだろう。

　逸子は窓から外を見た。学校は高台にあり、校庭の先にある樹木の間から、細く水平線が覗(のぞ)く。

　かすかに潮の香りがした。

2　静香

　能美静香(のうみしずか)はここ三ヵ月ほど、仕事帰りにカフェフォレストに寄っている。

スクーターで会社に通う女性社員は静香ぐらいだ。晴れた日はともかく雨ではカッパを着るしかなく、化粧がよれ、髪もぺちゃんこになる。家族と住む家は電車やバスの路線から離れていて、他に交通手段がない。静香はアパートを借りるお金を貯めつつ、スクーター通勤に耐えていた。

そんなときにふと立ち寄ったのが、カフェフォレストだ。県道沿いだが崖の近くにあり、ほかの店と離れている。静香は久瀬浦の海水浴場近くの「映える」店が好きではなかった。派手でお洒落で騒がしい。注文を忘れられたこともあり、地味な容姿にコンプレックスを持っているだけに、スタッフにも客にも軽んじられたような気分にさせられた。

その日は疲れていて、家までの間に休憩を入れたかっただけだ。けれどコーヒーの味も、サービスですと出してくれた甘いチョコレートも、静香の心にぴったりとはまった。

そこで静香はやっと、店内を見回した。

フォレストという名前に似つかわしく、ログハウスを模した造りになっている。天井は三角形に高く、壁や床は木材が張りつけてある。入り口から右手、奥に向かってまっすぐのカウンター、その後方に厨房、左手側がテーブル席だ。テーブルや椅子の形はわざとなのか不揃いで、けれど色合いや木造りというテイストは同じだ。

こういうところ、落ち着くなあ。

ストレスが、ゆっくりと解けていくようだった。

一杯のコーヒーでかなり粘ってしまったのに、マスターは、また来てくださいねと黒縁眼鏡（くろぶちめがね）の奥から優しくほほえんできた。静香は心臓を、ぎゅっとつかまれたように感じた。

これは恋だ。きっと恋だ。経験は少ないけれど知っている。自分は今ときめいている。

以来、静香はアパート探しをやめた。

カフェフォレストは食事もおいしい。それまで店の存在に気づかなかったのは、開店してわずか半年ほどだからだ。何年か前に閉店したまま、忘れ去られていた喫茶店を改装したようだ。

マスターの左手の薬指に指輪がはまっていることに気づいたのは、ずいぶん経ってからだ。けれどもう、気持ちは止められない。

マスターの妻がどんな人なのかは知らない。聞けば落ちこむだけだから。店にはいない。別の仕事をしているのかもしれない。静香はただ、マスターを目で追うだけ。

しばらくはそれでよかった。けれどだんだん、もう少し近づきたくなった。そんなとき、かつて聞いた話を思いだした。

ノゾミくんの伝説を。

静香は願った。マスターと両想いになって、ずっとそばにいたいと。この恋が実るようにと。

あれから三ヵ月、ゆっくりとだがマスターに近づくことができたと思う。最初は恥ずかしくて話すことさえできなかったけれど、今は会話も楽しむ。ちょっとした手伝いもしたことがある。

だからあとひとつ。

「すみません。そろそろ閉店時間となります」

マスターが寄ってきた。静香は小型のノートパソコンから顔を上げる。店にいるのはもう自分ひとりのようだ。

「で、でもまだ、八時前ですよね」

店の閉店時間は、平日は午後八時だ。マスターとの距離が近いような気がして、静香は自分の前髪をひっぱった。恥ずかしいとき、ついこの癖がでる。髪で顔を隠して、人から見られないようにするのだ。

「今日は予定があって早じまいをするんです。申し訳ありません」

マスターが一瞬、入り口のガラス扉を見た。

帰り際、扉に紙が貼られていることに気づいた。今日の日付と七時半に閉店する旨の案内が書かれている。ずいぶん過ぎてしまったと静香は再び扉を開け、店内に取って返す。

「あのっ、あのっ、ごめんなさい。案内が目に入ってなくて。あたし、あの、十五分も居座ってたんですね。本当にすみません」

「とんでもない。こちらこそ早く終えることになってすみません。どうぞお気をつけて」

　焦って声が上ずってしまったのに、マスターはいつもと同じように、いやいつもよりも優しくほほえんでくれた。それだけで静香の心は温かくなる。

　スクーターを発進させ、崖に沿った夜の道を走る。しばらくはふわふわした気分でいたものの、ピシッというスクーターからの音に現実を思いだし、気持ちを乱された。

　会社で喧嘩（けんか）をしたのだ。嫌みばかり投げてくる相手にはじめて言い返した。すごい顔で睨まれたけれど、自分は負けなかった。自分は強くなったと静香は思う。これもきっと、ノゾミくんのおかげだ。

　だからこそノゾミくんを冒瀆（ぼうとく）されるのは許せない。

　なにが、アタシが願ったのはねぇ、だ。甘ったるい声を出して。なにが、ノゾミくんの伝説って知ってるぅ？　だ。本当の伝説をなにも知らないくせして。

　あの女、アサミはいつもそうだ。いつもこっちの仕事を窺（うかが）っている。不備のある伝票を書かないか、電話の対応を間違えないか、じっと見ていて、些細（ささい）なことを鬼の首でも取ったかのように騒ぎたてる。面倒だから相手にしないようにしていた。

けれど今日は限界だった。

アタシ町田（まちだ）さんとつきあってるのよね。彼、社長の息子でしょ、実力もあるでしょ。

――いやどうでもいい。誰が誰とつきあおうと知ったことじゃない。だけど、町田さんとつきあうことになったのはノゾミくんにお願いしたおかげなのぉ、だと？

あんたは間違ってるよ。

ノゾミくんに願えば恋が実る、そんな都合のいいものじゃない。

以前も、ネットでそんなことがあった。つい注意をしてしまい、くだらない騒ぎに巻きこまれた。嫌な思いをしたから、もう他人には関わらないことにした。他人がどうなろうと知るものか。けれどそばに間違った人がいると迷惑なのだ。

ノゾミくんとの約束を果たしているのかと指摘したら、驚いた顔をされた。ノゾミくんを貶（おとし）めるなと諭したら、関係ないと怒鳴（どな）ってきた。

そのうえ――

静香の頭の中、さらに苛立（いらだ）ちが巡る。

仕事が終わってスクーター置き場に行くと、ステップのところにジュースがかかっていた。まるで小学生のいたずらだ。文句を言いにデスクまで戻ると、すでにアサミはいなくなっていた。

証拠はない。だけどアサミに違いない。

静香のスクーターが大きなカーブに近づいた瞬間、後ろの車がクラクションを鳴らした。スピードを上げて抜き去っていく。風圧でスクーターが揺れた。ピシッ、とまた音がした。タイヤがなにかを踏んだのか、跳ねる。パン、とさらに大きな音がして、前を照らす灯り（あか）が急に弱くなった。

静香はスクーターを止めた。ヘッドライトを確認する。

外側の透明なカバーが一ヵ所、割れていた。中の灯りはついているが、そのせいで光の拡散がうまくできないのだ。

なぜこんなところが割れているのだろうと、静香はカバーに手を滑らせた。外周のリム部分に妙なひっかかりがあった。目を近づけると、擦（こす）れたような部分がある。

これ、わざと傷をつけたんじゃ。まさか、アサミが？　どうしよう。バイク店はまだやっているだろうか。家の近くにはないというのに。

静香はゆっくりとスクーターを発進させた。見通しのいいところでUターンする。県道を戻って、街中のバイク店まで持っていかなくては。

憤りがどんどんと湧いてきて、静香はヘルメットの下で奥歯をきつく嚙（か）んだ。拳（こぶし）を知らず知らず握ってしまう。つられて手首が動き、スクーターのスピードが上がる。いけない、安全運転で、と気持ちを鎮めた。カフェフォレストのある崖のあたりはリアス式海岸で高低差が多く、左カーブ、右カーブと、短い間隔でいくども曲がらなくてはいけない。ゆるやかな振動が静香の身体を包む。切れ切れに海が見える。崖と雑木林が迫った。

空にぽっかりと、満月が浮かんでいる。

風が吹いた。

強い潮の香りが、静香の鼻腔(びこう)をつく。

スクーターの揺れが、さらに灯りを暗くした。割れが大きくなったのかと、静香が視線を向ける。――一瞬だった。気づいたときには衝撃があった。

スクーターはガードレールを越え、主(あるじ)を無くして崖を滑っていく。

静香は喉(のど)の奥に、痛いほどの塩辛さを感じた。視界が霞(かす)み波打っている。背負ったバックパックの中のノートパソコンが重石(おもし)になる。息ができない。

苦しっ。泳がなきゃ、早く。

海面はどちらにあるんだろう。どちらが上でどちらが下かわからない。

思いとは裏腹に、静香の身体は沈んでいく。吐きだそうとした喉に海水が入る。

静香は両手を動かした。しかしもがけばもがくほど、海底へと沈んでいく。肺に残っていた空気が泡となった。水面へ、逃げていく。

死ぬの？　やだ。うそだ。どうして。どうしてこんなっ？

静香の頭が、熱くなる。耳の奥が圧力を感じた。意識が遠くなる。頭の傍(かたわ)らが痛む。痛みはやがて反響し、脳全体へと広がっていった。

ああ、どうしよう。あの話もまた、本当だったんだ。ノゾミくんとの約束を無視してはいけない。無視したせいで報いを受けた人間がいると。

でもあたしはちゃんとやっている。もう少しでノゾミくんとの約束が果たせる。願いに応じてあげられる。あと一歩なのに。

あんまりだよ、ノゾミくん。助けて。もうちょっと待って。必ず果たすから。もう少しだから。お願い。ノゾミくん。ノ、ゾミ、く……ん。ノゾ……

海の底から、光が見えた。

あれは月だ。あっちが海面だ。泳がなきゃ。もう一息。もう少しだから。

3　美咲

「暗い海って、ちょっと怖いよね。お兄ちゃんについて来てもらってよかった。あ、由夢、そこ、足元危ないよ」

美咲は懐中電灯を持つ左手で、伸びた木の根を示しながら言った。右手は兄、克己の手をしっかりと握っている。先導する克己の右手にも大型の懐中電灯が握られ、崖から海岸に降りる小道を照らしていた。

「なんでこんな面倒なところまで来るかなあ。久瀬浦の海水浴場でいいじゃん。いや、そっちだと思ってたよ」

ふて腐れた声で克己が言う。

「あっちは人が多すぎるんですよ。こっちは地元の人しか知らない穴場だから」

後ろから由夢のハスキーな声がした。

「由夢ちゃん。穴場もなにも、オレら、潮干狩りに来ているわけじゃないよ」

「お兄ちゃん。ポイントは人の数だよ。久瀬浦じゃ、人が多すぎて願いごとを聞き届けてもらえないかもしれないでしょ。ノゾミくんこっちにおいでって、呼ぶんだからね」

「そういうもの？　まあ、たしかにあっちはカップルがごろごろいてうっとうしいけどさ」

「でしょ。由夢はちゃんとリサーチしてくれてるの」

お兄ちゃんとふたりなら久瀬浦の海岸でも悪くない。周りからはカップルに見られるだろう。海でデート、うわーロマンチック。けれどノゾミくんの話を教えてくれたのは由夢だから、一緒でなきゃ。

美咲は克己を見上げる。三十センチ近い身長差が、兄をより頼りがいのある大人に見せていた。

実際、克己は頼りになる。小柄な美咲は、昔からよくからかいの対象にされていた。特に男子はやたらとちょっかいをかけてくる。いっぽう克己は、小さいころから体格がよかった。諍(いさか)いごとなど嫌いなのに、喧嘩が強そうだと勝手に恐れられていた。美咲にとって克己の名は、おまじないの呪文だ。その名を出せば、男子のからかいはやむ。もちろんそれだけではない。会社員の両親が仕事で忙しいため、克己はいつも面倒を見てくれた。勉強を教えてくれるし料理もうまい。史上最強の兄だ。

夏草が茂る傾斜の強い小道を抜けた三人は、小さな浜へと下り立った。

「へえ、きれいな砂浜だな。けど、思ったより狭いな」

「この間来た時は、もうちょっと広く見えたんですけどね。気のせいかな」

克己のつぶやきに由夢が答えた。

崖の上から見れば暗い海も、近くにくれば月の灯りを反射して、海面がきらめいている。寄せては返す波の音も心地よい。

折しも満月。目が慣れてくれれば、夜でも明るい。

「月がきれいだな」

克己がぼそりと言った。美咲はつい、嬉しくなる。

「やーだ、お兄ちゃん。それ、愛の告白だよ」

「はあ?　なにを言ってんだ?」

「I Love You って言葉をね、昔の人が……夏目漱石(なつめそうせき)だったかな、その人がそう訳したって言われてるんだって」

「なぜそうなるんだ?　I Love You は I Love You だろ」

「意訳ってことだよ。愛してるじゃストレートすぎるでしょ。だから奥ゆかしく、月がきれいですね、って。あなたと一緒のものが見たいって言ってるのと同じでしょ。この微妙なニュアンス、理系脳のお兄ちゃんにわかる？」

「ふうん、そういうもん？」

疑問まじりの返事をしながら、克己がスマホを取りだした。そうそう検索してみなよと、美咲は応じた。

「はーい、そろそろ八時だよ。準備しようよ。鏡、鏡」

由夢が鞄（かばん）から二枚の鏡を出した。美咲も用意してきた鏡を取りだす。

「うまく見えないなー。あたしの顔さえ映らない。これじゃノゾミくんが来たかどうか、わからないよ」

「光がなきゃ映らないって。鏡ってのは、反射だからさ」

克己がのんびりと答える。美咲は角度を変えていろいろと試してみた。

「月の光じゃ弱いよねえ」

「懐中電灯を使おうか。そのほうが確実だよ」

由夢が言った。三人は砂浜に穴を掘って懐中電灯を立て、並んで座った。夜八時のカウントダウンはもう少しだ。

「由夢はテルくんと両想いになれるようお願いするんだよね。恋が実るといいねー」

美咲の言葉に、由夢が恥ずかしげに笑った。

「由夢ちゃんなら、告白すれば一発ＯＫだろ」

「単純ね、お兄ちゃん。それがうまくいかないのが、恋愛の辛いところなんだよ。由夢、言ってもいい？」

えー恥ずかしい、いいじゃん、と由夢と美咲はじゃれあい、では、とばかりに由夢が口を開いた。

「実はテルくんにはカノジョがいるんです。告(こく)っても、今のままじゃダメなの。だから私のほうを見てって、ノゾミくんにお願いするつもりです」

「なるほど。それはハードルが高いな。美咲はどうなんだ。同じように、誰か好きなヤツと両想いになれるよう、お願いするのか？」

克己が傍らの砂をもてあそびながら言う。

「お兄ちゃん、心配してるの？　そんなんじゃないよ。でも、願いごとはナイショ」

「あー、ずるい、美咲。私のことはしゃべったくせに」

由夢から軽い肘(ひじ)打ちがやってきた。

「じゃあ教えちゃお。お兄さん知ってます？　美咲、すっごくモテるんですよ。さてここで問題です。入学してからわずか三ヵ月、何人に告られたでしょう？」

「へえ、おまえ、昔はどっちかっていうといじめられっこじゃなかったっけ。すごいな」

克己の声が笑っている。

「そんなことないって。みんな全然ダメ。みんな子供」

「二組の子はカッコよかったじゃん。動物園っていうのは、ややガキっぽいけど」

「ばらさないのー、由夢。無理やり連れていかれただけなんだから」

「でも、デートはデートだよ」

「誘い方は強引だし、考えてることもやることも、全部、子供っぽい。ありえないよ」

みんな自分の話しかしないからつまらない。美咲はそう思う。

なぜデートをする相手のペースに合わせようとしないのだ。行きたいところ、食べたいもの、どうして聞こうともせずに押しつけるのだ。どんなゲームにはまってるとか、好みの音楽配信がどうとか、興味のない相手の趣味なんて、聞かされるだけ時間の無駄。そのうえ、ひとけのない公園に誘うなんてミエミエのことをする。

あの子たちじゃ、二年経っても今のお兄ちゃんより子供だ。今だって二年前の、高校一年生のころのお兄ちゃんより子供なんだから。

あたしはきっと、二年後には素敵な大人になる。今は背も低いけど、家族みんなが高いんだからモデルなみになるはずだ。モデルが無理でも、せめて逸子先生ぐらいにはなりたい。優しくてきれいできびきびして、逸子先生ならきっとカッコいいカレシがいる。あたしのお兄ちゃんには、劣るかもしれないけれど。

美咲はスマホを手に取った。ホーム画面は家族写真。アプリを上半分だけに配置して、克己とのツーショットに見えるようにしている。

「あ、もうすぐだよ」

スマホで時間を確認していた由夢が声をあげた。

「カウントダウンー。ノゾミくんが来るよ。十五、十四、十三……」

美咲は克己に顔を寄せた。

「お兄ちゃん、なにを願うの？」

「内緒」

「美咲！　用意はいい？　残り。八、七、六……」

「真似（まね）っこだ。いいよ。あたしも絶対教えてあげない」

「二、一、……ゼロ！」

左手に持った鏡を顔の前に、右手に持った鏡を頭の後ろに掲げ、美咲は祈った。

「ノゾミくん、ノゾミくん、こっちにおいで。あたしの願いを聞いてください――」

隣で由夢も、小さな声で願いをかけている。しかし美咲は自分の願いごとは口に出さず、心の中で静かに祈った。

突然、大きな水の音がした。波の音とは明らかに違う、なにかの着水音だ。

美咲の戸惑う顔が、鏡の中に映った。頭の後ろにもう一枚、鏡が続く。その中に小さく、自分の顔。光は弱くてぼんやりとしている。ちゃんと合わせ鏡になっているだろうか。ノゾミくんは来ているだろうか。

霞む像をしっかり見ようと、美咲は鏡に顔を近づけた。

「きゃあああっ」

由夢が悲鳴を上げた。

「冷たいっ。水。水が……」

「驚かさないでよ、由夢。波がかかっただけじゃん」

美咲は鏡から視線を外した。次の瞬間、美咲の足にも海水が触れた。とっさに立ちあがったせいでバランスを崩し、尻餅（しりもち）をついてしまう。下半身を左半分濡らしたまま、美咲は海へと目をやった。

海が、迫っている。

「まじかよ、おい」

克己がつぶやいた。

浜が消えかけていた。三人のいる砂地を残して、三方が海の中に消えている。次の波が迫っていた。息を吸う間に到達する。

「あ、私の懐中電灯が」

砂に刺しておいた由夢のペンライトが波にさらわれ消えた。波は往復のたびごとに高さを増す。潮の香りが、三人の肌と髪に絡みつく。

克己は懐中電灯を背後に掲げた。岩肌が鈍く光を返す。県道に向けて大きく傾斜がついていた。下から見上げると、垂直にも思える。

「オレたちが降りてきた道はどこだ？」

「あそこ、あのへん」

半泣きの由夢が指さした。十数メートルほど先に、背後の岩よりなだらかな小道があった。しかし道は海へと途切れている。

「どうしよう。海の向こうだ……」

「向こうってほどでもないよ、由夢ちゃん。さっきまで陸だったんだ。岩の端を伝って歩けるよ」

「無理だよ、お兄ちゃん。溺れちゃうよ」

克己の懐中電灯の光が海面を照らす。底が見えない。

「待ってて。確かめてくるから」

克己が崖にそって歩き出した。しかし足を置ける場所がないのか、水へと踏みこんでいる。美咲は背後から克己を照らした。濡れたカーゴパンツが色を変えていく。見守る美咲の目の前、克己の姿ががたりと沈んだ。

「お兄ちゃんっ！」

「だいじょうぶ。岩と岩の間に足を入れちゃっただけ。ごめん、脅かして」

克己が振り向いて、両手で丸の形を作った。美咲は首を横に何度も振る。

「帰ってきて！　無理だよ。お兄ちゃんの背で水が腰のあたりなんだよ。あたしたちじゃ胸までくるよ。実際、水がどんどん来てるし、すぐに背が届かなくなるよ」

腰のあたりとはオーバーだが、それでも克己は膝上まで水に浸かっていた。克己が戻ってくる。手を握られた。

「オレがついてる。さあ、おいで」

「やだ。怖い。足元見えないじゃん。波に持っていかれちゃうよ。怖いよ」

「そこにいてもどうしようもないだろ。ずっと岩にしがみついてるつもりか」

砂地はほぼ水没していた。岩には段々がつき、足を載せる場所もあったが、どこまで水が上がってくるかわからない。美咲は震える。

冷たいよ。なんだか足の先っぽから、どんどん冷たくなっていくよ。動けない。動いたら、転んだら、きっと死んじゃう。

「ねえ、あれなに!?」

由夢の叫び声がした。スマホの懐中電灯アプリを使っているのだろう、その光で背後の崖を照らしている。

「あそこ見てよ。なんか、抜け穴みたいになってる」

由夢の言葉を受け、克己も光を当てた。崖は幾筋かの節理が入って、段が重なっている。そんな岩肌の間に、ぽっかりと暗い影があった。

克己が岩に手を突き、登りはじめた。影に近づいて中へと懐中電灯を照らしている。

「洞窟（どうくつ）だ。奥に続いてるみたいだけど、上に抜けてるかどうかは見えない。どっちがいい？　岩に沿いながらさっきの道に戻るのと、この洞窟の中に避難するのと。オレはさっきの道に戻ったほうがいいと思うんだけど」

美咲は由夢と目を合わせた。同時に叫ぶ。

「やだ、洞窟のほうがいい。このままじゃ、波にさらわれちゃうかもしれない」

「わかった。じゃあおいで」

克己がふたりのそばまで降りてきた。先導してもらう。崖は急勾配（きゅうこうばい）ながらも、節理のおかげで不規則だが階段のように足場があり、洞窟まで続いている。ふたりが滑り落ちないよう、克己は途中から脇に寄り、しんがりになった。

「くさい……。潮のにおいがこもってる」

洞窟を入り口から覗きこんだ由夢が、嫌そうにつぶやいた。

「でも、広いよ。嘘（うそ）みたいに広い」

美咲も続いて顔を入れ、懐中電灯でぐるりと照らした。入り口こそ狭かったが、中は思いのほか広く、克己でも頭を屈めれば動ける高さだ。横幅も同じくらいあり、奥はもう少し先まで空間が続いているようだ。

美咲は足を踏み入れた。

「だいじょうぶだよ、由夢。ところどころ水がついてるけど、全然平気」

その言葉を聞いた由夢が、駆け込むように洞窟へと入った。ふたりの身長なら、天井に頭がつかない。

「あー、本当だ。広いよ、広い。よかったー。ここで水が引くのを待とうよ」

由夢がほっとしたように言う。と、上のほうを見ながら歩いていた由夢は突然転んだ。

「だいじょうぶか？」

最後に入ってきた克己が、洞窟の入り口から声をかける。

「あ、はい。なにか踏んじゃったんです。草？　ひも？」

「ひも？　なんでそんなものが」

ふたりの会話をよそに、美咲は鞄からスマホを出した。

あ、と叫んでしまう。

「お兄ちゃん。大変！　ここ電波が入らないよ。警察に電話しようと思ったのに」

「ほんとだ。圏外だ！　やだ私、バッテリーやばい。懐中電灯アプリ消していい？」

由夢がうろたえている。

「しまったな。先に連絡を入れるべきだった。オレのは海水でやられたかも」

克己もカーゴパンツのポケットを探る。

「……あ、だいじょうぶだ。ジッパーつきだったからかな。ラッキー」

美咲は左手に懐中電灯を持ち、右手でスマホをかかげて歩きまわる。

「どこに行っても圏外。この穴の先、どこまで続いてると思う？　この先なら入るかな。天井が空いていればいいんだけど」

美咲は、穴を持つ岩の壁に懐中電灯の光を当てた。人が這(は)って進める程度の空間が、奥へと続いている。ためしにと手を入れた。

冷たい。

とっさに手をひっこめた。しびれるような感覚があった。――ひんやりと冷たくて、ううん、ぞわっと、ってほうが近い。なにこれ。気持ち悪い。

「……先、行ってみる？　由夢」

「そんな不安そうな顔で言わないでよ。絶対無理。美咲、自分で行きなよ」

「あたしもなんか、怖い。でも、お兄ちゃんじゃ通れない狭さだし。って、お兄ちゃんにばっか頼ってごめん」

そう言った美咲の尻に、水が跳ねた。

「冗談だよ、お兄ちゃん。水、引っかけることないじゃん」

振り向いた美咲は見てしまった。洞窟の入り口から、波が頭をもたげている。

4　逸子

《月がきれいですね》

アパートの部屋に帰り着いた逸子は、スマホに克己からのメッセージが入っていることに気づいた。

なによこれ、と思わず笑みが浮かぶ。

I Love Youを、月がきれいですねと訳したという説は、逸子も知っている。本当の月はクレーターだらけ、アバタだらけだけどね。そう言って、大学時代、友人と笑いあった。

だけど地球から見た月は輝いている。本当に美しい。

《意味がわかったうえで送ってるの?》

そう返事をした。しかし既読にならない。

ひとつ上のメッセージが目に入った。体育館で別れたあと、送られてきたものだ。

《逸子先生ならなにを願う?　ノゾミくんに》

そういえば克己は美咲たちと、そのお願いのために出かけているんだった、と思いだす。

願いに応えてくれる存在、か。

逸子は小さく息をついた。

夢を諦めたことは後悔しているけれど、選んだ仕事が教師だったことは後悔していない。生徒には、自分の願いを実現して欲しい。わたしの仕事は誰かの夢を後押しすること。そう思って生徒に接してきた。だけどわたしは、誰かの助けになれているのだろうか。説得力が足りないから、木村のことも但野のことも守り切れないままだ。

それはわたし自身が、本当にやりたいことをやっていないからかもしれない。だからこそ、目の前の夢をつかみたい。夢は実現すると教えてあげたい。けれど今、教師を辞めるのは中途半端じゃないか。克己の後押しがしたい。なのに一方で、教師を辞めればうしろめたさが少なくなるという気持ちもある。

結論が出ない。

自分の願いってなんだろう。克己と同じ月を眺めながらなら、冷静に考えられるだろうか。

逸子は窓を開けた。湿気で重い空気のなか、満月が輝いている。

――満月？　満月ってことは大潮だ。満潮の時刻って、何時？

満潮は、月と地球との関係で起きる現象だ。月の引力で海面が引っ張られ、反対側でも遠心力が起こり、どちらも満潮となる。だから一日二回、満潮が起こる。一方大潮は、新月と満月の時期に起きる。月と地球が並ぶその列に太陽が加わることで、満潮と干潮の差が大きくなる。場所によっては数メートルも潮位が高くなる。

検索アプリを開いた。最も近い港を探す。

「満潮の時刻は、午後八時十分。……もうすぐ」

克己たちは久瀬浦の海水浴場に行くと言っていた。海のそばでノゾミくんに願いごとをするのだと。だいじょうぶだろうか。いやいや、なにも海水浴場で泳ぐわけじゃない。潮位が上がれば浜から離れるだろう。県道のこちら側には飲食店がたくさんあり、当然、どこも沈んだりはしない。

苦笑いで打ち消したものの、一度広がった不安はシミのように心に残る。逸子はスマホを握り締めた。だがためらう。美咲と一緒の時に電話をかけるわけにはいかない。……だけど。やっぱり。

迷った末にかけた電話は、電波が届かないと告げるアナウンスに代わった。溜息と共に終話ボタンをタップする。

と、待ちかねていたようにスマホが鳴った。

液晶画面に現れた名前は、主任の鈴木だ。

「遅い時間に申し訳ないんだが、五組の菅野の母親から電話がありましてね。遠山先生は聞いていますか」

けだるそうな声がする。

菅野——由夢だ。彼女も克己たちと一緒のはずだ。

「いいえ。ありません、なんでしょう」

「やっぱりそうか。あなたを飛び越えて僕のところにかけられてもねえ。遠山先生、保護者からの人望がないんじゃないですか？　もっとも菅野の家はほら、お祖父さんが市議会議員だから、僕としても遠山先生に任せるのは不安だし、そのほうがいいんですが」

嫌みを言いたくてかけてきたわけじゃないはずだ。どうしたんですかと続きを促す逸子に、鈴木の溜息が聞こえる。

「家に帰ったらいない、LINEも途中から既読にならない、電話をかけても出ない、だそうです。朝、試験のことで喧嘩をしたらしく、わざと無視していると思うけれど、連絡がつかないので心配だと言ってきたんですよ。菅野と仲のいい子を知りませんか？　担任の遠山先生ならご存じでしょう？」

5　美咲

「やだ。お兄ちゃん、行かないで」

美咲は克己にしがみついた。

波が、洞窟に海水を連れてきた。足元をじわじわ浸していく。潮の香りがますます強くなり、息苦しさも増す。

「崖に出て、電波の届く場所を探すだけだって」

「いやだ。置いていかないで。ここにいよう」

「警察に電話をかけたら、すぐ戻る。これ以上水が来るようなら、美咲たちも外に出るんだ」

「だいじょうぶだ。美咲は波の高さをよく見てろよ」

「流されちゃうよ。すごい波だもん。見てよ、外。ざばざば言ってる」

克己は美咲の手を振りほどき、洞窟の入り口へと向かった。入り口から、スマホを持つ手を伸ばしている。

「おかしいなあ、圏外だ。外に行く」

「待ってよ、お兄ちゃん」

美咲も岩の壁を伝いながら入り口へと向かった。水は足首までもないのに、すんなりと前に進めない。

克己の姿が、洞窟の外に消えた。

「反応……いなー。変……な」

波音に邪魔されながら、克己の声が揺れて届く。

「もうやめて。戻ってよー」

美咲は洞窟の入り口で岩をしっかりとつかみ、顔を突きだした。そのとたん、喉に悲鳴がひっかかる。

岩肌にしがみつく克己の背後に、大波が迫っていた。

「いやぁ――っ！　お兄ちゃん」

克己の姿が波に呑まれた。その周囲がふいに暗くなる。

懐中電灯が水にさらわれたようだ。波間を照らしたあと、そのまま消えていく。

波が戻ったあとも、克己はまだそこにいた。手を岩の隙間にこじ入れて耐えている。もう一方の手でスマホを操作していた。その身体に波が次の誘いをかける。

「入ったよ、電波。待ってろ、あとちょっとだから」

「ダメ。死んじゃう。お兄ちゃん、帰って。帰ってきて！」

美咲が泣き叫ぶ。

突然。

軽快なメロディが鳴り響いた。克己のスマホが鳴っている。

「すげえ。いきなり着信？」

克己が大声で呼びかけている。

「もしもし、おーい、警察呼んで！」

「お兄ちゃん、お兄ちゃん。つながったの？　ねえ」

美咲の声は、電話に集中する克己に届かないようだ。美咲は克己を凝視し、耳を傾ける。

「オレ今、洲原（すはら）の浜のあたり。岩場のとこで取り残され……。だから、波の音でよく聞こえないの。洲原、三名、救助。電話切ってすぐ110か119。もー、しゃべるなよ、逸子先生」

え？

美咲は耳を疑った。

今、誰って言ってた？　逸子先生？

「美咲たち？　無事、無事。岩壁の途中に洞窟があって、そこに避難してる。まいったよー、どんどん水が高くなって。……ってあれ？　水、低くなってる？」

美咲が眺める先、海水は徐々に低くなっていった。潮が引きはじめている。

やがて浜が戻ってきた。美咲と由夢も洞窟を出て、浜に下りていく。水に浸っていた砂が、踏みだす足にまとわりついた。爪先立ちで歩く。

海に消えていた小道に逸子の姿が現れた。大きな袋を抱え、懐中電灯を手にまろぶように浜を駆けてくる。

結局、警察も消防も呼ばなかった。自分の母親があちこちに電話をかけていると知った由夢が、泣いて頼んだのだ。警察沙汰（ざた）になれば、夏休みを監視されて暮らすことになる。それは絶対に嫌だと。美咲も同感だ。

けれどそれよりも大きな不安が、美咲に充（み）ちていた。

「逸子先生、怒ってる？　ごめんねー」

由夢がまっさきに逸子に駆けよった。逸子が袋からバスタオルを出す。Tシャツもあるという。

「身体拭いて。着替えられるようなら着替えて。ほら、古滝くんはあっち向いてて」

「逸子先生、このTシャツじゃオレには短すぎるよ」

克己がバスタオルで頭を拭きながら、照れたように笑っている。

美咲は着替えを腕に抱えたまま、動けないでいた。

なぜ逸子先生と電話がつながったのか。答えはひとつしか考えられなかった。美咲は重い口を開く。

「どうして逸子先生が来たの？　由夢のお母さんが先生に連絡をしたんだとしても、なんで由夢のスマホじゃなく、お兄ちゃんに電話が来たわけ？」

「……菅野さんにも電話をしているよ。お母さんに番号を聞いたから。だけど通じなかったの」

「たしかに洞窟は圏外だった。だけどあたしが訊ねたのは、先生がなぜお兄ちゃんの番号を知ってたのかってこと。その答えにはなってないよね」

「バスケ部の顧問だからよ。以前、部の行事の関係で教えてもらって」

「美咲、その話は後にしよう。着替えて家に帰ろう。な」

克己が口をはさんでくる。

やだ、と美咲は克己の手を払いのけた。

「あたし、春すぎからお兄ちゃんのようすが変なことに気づいてたよ。だからカノジョできたの？　って訊いたよね。前のカノジョのときは教えてくれたのに今回は教えてくれない。すっごく不安で、すっごくムカついてて」

苛立ちが、美咲の中で溢れそうになっていた。

本当は聞きたくない。けれど今聞いておかないと、またごまかされる。

「別になんにもないし、なによりおまえ、前の子に……」

「前の子に、なに？　それ誤解だって言ったよね。あたし意地悪なんてしてないよ」

夜の海にクラクションが鳴った。崖の上から聞こえる。

「タクシーを待たせているの。続きは明日にしない？　おうちの人が心配してるよ」

逸子がなだめてくる。美咲はそれを睨む。

「美咲、帰ろうよ」

由夢が疲れた声で言い、逸子に向き直る。

「逸子先生。私たちがここに来たこと、内緒にしておいてください。うちの親、すごく心配性なんです。連絡しなかったのは、図書館で勉強してたせいでスマホを見てなかったってことで。いいですよね。……先生も内緒にしておきたいこと、ありそうだし」

「菅野さん……」

逸子の声が風に消えそうだ。ほら、やっぱりそう見えるじゃないのと、美咲の気持ちが波と同調するように揺れる。

「由夢ちゃん、脅すの？　オレたちを助けに来たのが誰か、わかってるの？」

克己は呆(あき)れている。

再度、苛立たしげなクラクションが鳴った。かき消すようにサイレンの音が重なる。四人が同時に県道を見あげた。赤いランプを頭に載せた車が数台、先を争うように走っていく。

「警察？　それに救急車？　先生、連絡してないんですよね」

由夢が不安そうに訊ねる。逸子がうなずいた。

「事故があったらしいよ。タクシーの運転手さんが言ってた。この先の大きい崖にスクーターが引っかかってたって。乗っていた人が海に落ちたみたい」

「……死んだの？」

さっきまで浸かっていた海に、誰かの死体があったなんて。そういえば大きな着水音が響いた気がする。あれってまさか……。

美咲は身震いした。濡れた服を今すぐ脱ぎたい。

夜の海が、暗く揺れていた。

第二章　火曜日

1　暢章

「海のそばにあるのに、なんで『カフェフォレスト』なんだよ。フォレストって、森だぞ。いくら崖や林の近くにあるからって、森は変だろう」

　津久勢警察署刑事課に所属する富永暢章は、店内を見回した。階級は警部補で、強行犯と盗犯を主に受け持つ係長だ。

　立地はともあれ、ログハウスを模した設えはフォレストという名に似つかわしい。昼食どきには少し間があり、客は少ない。老親を連れた夫婦と、中年女性のグループの二組、それだけだ。

「マスターの趣味じゃないですか？　ねえ係長、このあといつ食べられるかわからないし、ここで昼メシ食べていいですか。このメニューの写真、なかなか美味しそうですよね」

　同行の部下、山本巡査に言われてパウチ加工のされたメニューを見たが、暢章の食欲はそそられない。平たい皿の上にメイン料理からサラダからご飯まで、ごちゃごちゃと載ったカフェめしは好みではない。カツ丼や親子丼、皿ならカレー、そんながっつりした食事はないのか。ないならいっそコンビニの弁当でじゅうぶんだ。

「おまえはいつものんきだな。さくさく済ませて帰るんだよ」

暢章は山本の丸顔を睨んだ。つい溜息が出るのは、能天気な山本のせいばかりでもない。

今回の事件は緊張感に欠ける。あれはどうみても運転ミスによる自損事故、本来なら交通課だけで片づく仕事だったはずだ。だがヘッドライトの割れ方が不自然だと鑑識（かんしき）が言い出した。事故による破損が見受けられるのは主にスクーターの左側面、しかしライトが割れているのは右側だ。やがて県道の先でライトのカバーのかけらが見つかり、外周のリムにも傷跡が認められた。金属状のもので故意にこすっているという。

ちょっと傷をつけてやろうという程度のふざけた気持ちだったにせよ、ヘッドライトだ。重大な事故を招きかねない。実際、招いてしまったのだ。

津久勢署長は新任で、正義に燃えていた。署内の融和を図りたいと口癖のように語る署長が、単純ないたずらではない可能性もあると、死亡した能美静香の周辺捜査を刑事課に求めてきた。ここのところ大きな事件が起きていなかったため、余裕があったのも災いした。

いい迷惑だが、中途半端なことは嫌いだ。きっちり調べて署長にも交通課にもつきつけてやる、と暢章は唇を引きむすぶ。

おっとこの顔のままではいかん、と暢章は一転、顔の筋肉を緩めた。柔和な表情を作って、カウンターの奥のカフェエプロンをつけたマスターに近寄る。ぎょろ目で眉が太く鬼瓦にも似た風貌の暢章だが、四十を過ぎてから皮膚がたるむ。力を抜けばそれなりに穏やかな顔になる。

「昨夜の交通事故のこと、ご存じでしょうか。昨夜八時ごろ、スクーターに乗った女性が崖から落ちて亡くなりました。それが能美静香さん。財布の中にこちらのレシートが複数枚ありました。常連ですか？」

免許証から作成した能美の写真を見せると、はい、と沈痛な表情でマスターがうなずいた。細面の顔に黒縁の眼鏡。優しげな瞳が眼鏡の奥から覗いている。自分と山本の間、三十半ばといったところだろう。

「昨夜は目の前の県道に人が集まってひと騒ぎで、救急車や警察の車も次々にやってきて。それがまさか、能美さんだったなんて」

「レシートによると、能美さんは昨日もいらしてたようですね」

「はい。夜の七時四十五分ぐらいにお帰りになりました」

「ずいぶん正確に覚えていますね。親しかったんですか？」

いえ、とマスターが首を横に振る。

「昨日はたまたま早じまいで、最後のお客さんだったんです。店は七時半までの予定だったんですが、彼女は気づかず残られていて、そんな会話をした覚えがあります」

「だとしても、八時にはまだこの近くにいたわけですね。お店を出たあとのことはご存じですか？」

「いいえ。店の灯りは落としてしまっていたので」

調べでは、能美は自宅側から会社の方向に進んでいた。忘れ物でも取りに戻ろうとしたか、スクーターを修理しようとしたのか、どちらかではないかと考えられている。再びこの店に立ち寄ったわけではないようだ。

「なるほど。能美さんは、スクーターのことでなにか話をしていませんでしたか」

「いいえまったく。あの、よかったらお座りください」

マスターが手のひらを上に向け、カウンター前のスツールを勧めてくる。立ったままでは威圧感を与えてしまうかもしれないと、山本をうながして座った。

なにか召しあがりますかと訊ねられ、山本がいそいそとメニューに手を伸ばして指までさした。暢章はそれを制し、おかまいなくと答える。マスターはうなずいて、注文の続きなのか湯を沸かしはじめた。

「改めて伺います。能美さんはよくいらしてたんですか？　なにか彼女から聞いたことや、気になることはありませんか？　ええっと、あなたお名前は」

「僕は小澤（おざわ）といいます。能美さんは毎日のようにいらしていましたが、本を読んだりノートパソコンをいじったりと、物静かでした。話をするときもうつむきがちで、おとなしい印象でしたね」

「どんな話を？」

「それほど印象深い話は。お出しした料理のことや、最近のニュース……政治や経済ではなく、季節的なもの、梅雨がどうとか紫陽花がどうとかの」

「仕事の話や、誰かとのトラブルなどは聞いていませんか？」

　しばらく考えてから、小澤がいいえと答える。

「ありがとうございます。なにか気づいたことがあったらご連絡を」

　と立ち去ろうとした暢章たちの前に、カップが差しだされた。

「お嫌いでなかったらどうぞ。甘いものは、疲労回復と脳の働きを高めるのに効果がありますよ。僕は山によく行くので保証します。召しあがってみてください」

　小澤が柔らかく笑う。ココアが暢章の前に置かれていた。山本には、暢章が制する前に一瞬だけ指さしたカフェラテが供された。

「うわー、ありがとうございます。ちょっと休憩しましょうよ、係長。雲行き怪しいから雨が降るかもしれないし」

「調子に乗るなよ。降る前にさっさと帰って、書類作っちまわないと」

　そう言いながらも暢章はつい、柔らかなココアの香りに惹かれてカップに口をつけた。

　ここカフェフォレストは、能美の会社と自宅の間にある。家族は母親と兄夫婦とその子供。能美が生まれ育った家だが、家の中心は兄夫婦になっていて、能美は居候的な立場だったのだろう。会社の近くでアパートを探していたという話もある。居心地の悪くなった自宅より、ずっといい波止場だ。

暢章は再度、店内を見回した。山の写真、ハーケン、ロープ、カラビナという金具を素材にした前衛的なオブジェ。山に関係する雑多なものがインテリアとして飾られていた。無数の傷がついたオレンジ色のサーフボードだけが、海に属するインテリアだった。

天の邪鬼(あまじやく)な店だな。能美も同僚と群れないクールなタイプだったそうだから、天の邪鬼な雰囲気に惹かれたのかもしれない。

店にはコーヒーの香りが満ちていた。しかし風の具合なのか、ふとした瞬間に潮の香りが混じる。鼻がそれに慣れたころ、再びコーヒーの香りがやってくる。

時計の針が十二時を回った。いつの間にか客の数が増えている。小澤はひとりで厨房を切り回していて大変そうだ。暢章は、まだカフェラテを味わっている山本の尻を叩(たた)いた。

「いい感じじゃない？　雰囲気、ちょーいい。表に出てるランチセットの値段も合格。味がよかったら、ひいきにしてやってもいいよね」

突然、店内に甲高い女性の声が響いた。

「アサミってば、もの好きよね。わざわざタクシー相乗りして来る？」

「どんな店か、早く見てみたかったんだもん。みんなもそうでしょ。今までムカつくヤツがいついてたから来られなかったけど、オシャレだって聞いて、ちょー気になってたんだよね」

集団で入ってきた緑系のベストとスカートの制服に、見覚えがあった。

能美が勤めていたマチダという事務機器メーカーの制服だ。ここに来る前に寄って、聞き込みをした。いま集団を引っ張っている長い髪の女性からも話を聞いた。能美さんかわいそうにと、目の端を指でぬぐっていた。名前は本多アサミ。能美が二十四歳で、二期上というから二十六歳ほどか。それにしては子供のような話し方だ。

「能美のヤツ、全然辞めないし、まいってたんだよね。死ななくてもいいとは思うけど、会社としてはありがたいよね。それにしても海に落ちるって、どんだけ鈍いの？」

女性ばかり四人で構成された集団が、一番奥の席を陣取った。暢章は、小澤が用意した水の載った盆を横取りする。唇に指を当て、黙ってと依頼した。山本も意図を理解したのだろう、無言で後ろからついてくる。

水を三つテーブルに置いたところで、ひとりの女性が暢章たちに気づいた。顔色を変え、肘でアサミをつつく。

「楽しそうですね。もう一度能美さんのお話を伺ってもよろしいですか？　建前抜きで話していただけると嬉しいのですが」

アサミも暢章の顔を覚えていたのか、一瞬、顔を歪めた。しかしすぐに顎を上げる。

「死んだって聞いて、かわいそうだと思ったのは本当です。でも、能美さんはトラブルメーカーで迷惑な人だったっていうのも本当。彼女は内気で暗いタイプだった、って話はしましたよね。アタシ、建前なんて話してません」

暢章は作り笑いを浮かべながら続ける。

「どんなトラブルがあったんでしょう。どのように迷惑だったんでしょう。具体的に教えてください」

「……アタシが迷惑してたわけじゃなく、会社全体が迷惑してたの。危ない人だったから」

「危ないとは？」

「風水とか、占いとか、すっごく信じてて」

「そういえば昨日も、ノゾミくんのことでアサミと喧嘩してたよね」

アサミが発言した女性を鋭く睨んだ。余計なことを、と言わんばかりの表情だ。

「ノゾミさん？　どなたのことですか」

「人じゃありません。おまじないっていうか、噂っていうか。ノゾミくんに願いをかなえてもらう話、聞いたことありませんか？」

暢章は知らない。山本も首を横に振っている。

「海のそばで合わせ鏡を作って、ノゾミくんを呼ぶんです。そうするとノゾミくんがやってきて願いを現実のものにしてくれる、そんな話です。アタシそのテで、彼氏をゲットしたんです。もちろん、ただのおまじない程度。半分ノリで、ノゾミくんに願っても願わなくても同じ、アタシの魅力あってのことです。でもその話をしたら、能美さん、急にムキになって怒りだして」

「それは同じ人を好きだった、とかですか？」

まさかー、とアサミが笑いだす。

「アタシの彼、町田さんですよ。社長の息子。能美さんなんて問題外ですって」

「そうはいっても、能美さんのお気持ちはわからないでしょう？」

問題外とは失礼だなと感じながら、暢章は慎重に訊ねる。

だがアサミ以外の女性たちも、困惑したように首をひねっていた。

ないと思います。好きならもうちょっと態度に出るんじゃないかな。会社の飲み会やレクリエーションにも来なかったよね。仕事とプライベートは別だって、割り切ってたんじゃないかな。などと否定の意見が出る。アサミに言わされているのか本当にそう感じているのかはわからない。

「能美さんが怒ってたのは、ノゾミくんのことです。彼女もなにか願いごとをしてたんでしょ。でも、自分はかなわずに、アタシだけかなったのが気に入らなかったみたい」

「ノゾミくんとの約束は果たしているのか、とか言ってたよね」

別の女性が口を挟む。

「そうそう。アタシがノゾミくんを貶めているとかなんとか。ノゾミくんの伝説にはいくつかパターンがあるみたいで、彼女、願いをかなえてもらう見返りにノゾミくんの願いに応じなきゃいけない、とか言ってたかな」

「その応じるべき願いというのが、約束ですか？」

「多分ね。でも能美さん、興奮してまくしたててたから、よくわからないんですよね。焦ると言葉がつっかえるし」

「ノゾミくんの願いとはなんです？」

「知りませんよー。アタシはそういうお返しとか約束とか聞いてないし。さっきも言ったけど、ノリでやっただけですよ」

「そうですか。ところで能美さんはスクーター通勤をしてらしたんですが、どんなスクーターに乗っていたかご存じですか？」

暢章は正面からアサミの顔を見つめた。

「いいえ。アタシは徒歩通勤なので。スクーター通勤の人に訊いてください」

その場にいた全員が、スクーターじゃありませんと、首を横に振る。

「お話、もういいですか？　アタシたち、昼休み短いので」

注文いいですかー、とひとりが手を挙げた。小澤が駆けよってくる。暢章は協力への礼を言い、その場を離れた。再びけたたましい笑い声が響く。

「最後のスクーターの質問、例のヘッドライトの件ですよね。関係あるんでしょうか、あの子たち」

山本が小声で訊ねてくる。

「読めないな。本当に知らないのか嘘つきなのか。だがあの本多アサミとの間には、トラブルがあったようだ」

「ありがちな社内いじめって感じですよね。それとなんでしたっけ、ノゾミとかいうおまじない。それも報告書に載せるべきでしょうか」

うーん、と暢章は考えこむ。

「そちらは保留しておこう。おまじないがきっかけで諍いになった、なんて書いたら呆れられそうだ。いまどき小学生や中学生でも、もうちょっとマシな喧嘩をするだろう。特に今の中学生は大人だからな」

暢章の視線が、制服の集団を通り越して宙に浮いた。

昨夜は急に呼びだされて、また真司（しんじ）との約束を破ってしまった。妻がいなくなってから一週おきと決めた食事当番を、どれだけサボっているだろう。とはいえ仕事だから仕方ないと、あいつも納得しているようだ。すっかり大人になったものだ。

2　真司

五時間目の体育の授業は軟式テニスの予定だ。曇天の下、津久勢南中学の校庭では、生徒たちが数名ずつ集まって雑談に興じていた。

富永真司はどの集団にも属さず、ひとり、空を見つめていた。顎を上げた首にわずかに喉仏が浮かぶものの、続く肩はまだ細い。眉の濃さだけが父親の暢章に似ている。

突然膝の裏を蹴られ、真司はよろめいた。

「おい、ぼけっとしてないで、ラケット取ってこいよ」

クラスメイトの早川が、背後でにやにやと笑っている。

「痛いな。なんでおれがラケットを取ってこなきゃいけないんだよ。当番はおまえだろ」

「ラケットは女子に任せたんだよ。ところが全然来やしない。俺はネット張らなきゃいけないからさっさと行け」

そう言いながらも、早川は周囲の生徒にネット張りを押しつけている。半袖の体操服から覗く筋肉質な腕には、誰も逆らえない。

「公務員って、公僕なんだってな。オオヤケのシモベで、奴隷なんだよ。おめーの親が奴隷なら、おめーも奴隷だ。ましてや正義の味方の警察官、弱いものの味方なんだろ」

早川の隣にいる菊地も笑う。彼は屁理屈やすり替えが巧いが、それが通らないとすぐ恫喝に転じる。

誰が弱いものだって？　どんな理屈だよ。

悔しさを抱えながらも、真司は体育用具室に向かった。女子の体育当番は転校生の釘宮と、沢木だ。沢木は早川たちの仲間だから、きっとサボっている。釘宮はぼんやりしていて動きもスローモーな雰囲気だった。全部押しつけられたんじゃないだろうか。

体育用具室では、釘宮が大箱を端から順に覗きこんでいた。

「なにやってるんだよ。みんなもう集まってるんだぞ」

真司の声が、途中でかすれてしまう。声変わりの最中なのだ。

「どこにあるのかわからないんだもん」

釘宮はのんびりした声だ。

「わからないなら、誰かに訊けよ」

真司は、重なったハードルの陰からラケットを詰めこんだカゴを引っぱりだした。

「これだよ。そこの台車に載せて運ぶの。ほら、そっち持てよ。おれ、こっち持つから」

「ありがとう。富永くん、だったっけ」

釘宮の頬（ほお）にえくぼが浮かんだ。

お、なんだよこいつ。意外とかわいいじゃん。

にやけながら台車を押す真司を、早川と菊地が睨んでいた。真司は目の端でふたりの視線を感じる。

なんだよ。またなにかやらかそうってのか。

チャイムが鳴り、体育教師が四列に分かれるよう号令をかける。

「うちのクラスのこと、教えてやるよ」

真司は声のほうを見た。列の最後に並ぼうとしていた釘宮に、菊地が話しかけている。

「おまえ転入してきたばっかだろ。地雷、踏むとやばいぞ。楽しい学園生活、送りたいよな」

釘宮が不審そうに菊地を見ている。

「さっきの富永な、気をつけなきゃダメだぞ。あいつ嫌われてるから。あいつと話をしてると、おまえまでみんなにシカトされるぞ」

菊地のやつ、なんてことを。

駆けよろうとする真司の足を、早川が引っかけた。真司は転ぶ。

「そこ。列を乱すな」

教師の叱責が飛んだ。早川と菊地が嘲（あざけ）るように笑った。

「一学期がはじまってすぐの一斉清掃の日だ。みんな、雑巾片手にまじめに掃除に励むころだよな」

菊地が手振りを交えながら、釘宮に語っている。

「ところが富永のヤロー、どうしてたと思う？　トイレでサボってたんだよ。しかも先生の見回りから逃れるように教職員専用トイレで。ありえねえだろ」

それは違う。誤解だ。おれは本当に体調が悪かったんだ。

この話が蒸し返されるたびに、真司は反論した。

教職員専用トイレに入ったのはたしかにまずかった。しかし学校のトイレで個室に入っていたと知れたら、卒業までの残り二年、からかわれ続けるのは必至だ。そう思って生徒が来ないトイレに行ったのだ。

「で、先生のチェック直前に、教室に戻って雑巾を絞りはじめた。さも、今までサボらずにやってた、って顔してな。ムカつくヤローだろ。オレら、それを偶然目撃してさ、みんなに言ってやったんだ。それまであいつは警察官の息子ってことを笠に着て、正義の味方のフリをしてたけど、オレらが真実の姿を明かしてやったってわけ」

それも違う。菊地たちは、おれを貶める材料を探していたのだ。おれが一年のときに菊地たちのいじめを注意し、いじめられていたヤツを庇(かば)ったから。あいつらはずっと、おれを仲間ハズレにしようと画策していた。菊地は言葉で煙(けむ)に巻き、早川は暴力で怖がらせ、クラスに恐怖政治を敷いている。おれは生贄なんだ。信じないでくれ、お願いだから。

　真司の心の叫びが聞こえたかのように、釘宮がのんびりと答えた。

「でもわたし、さっき親切にしてもらったよ」

「富永の作戦だ。あいつがこずるい証拠だよ。みんな迷惑してるんだってば！」

　菊地が焦ったように声を荒らげる。やばい、そろそろキレそうだ。今度は手が出るぞ。

　そこで教師の号令がかかった。男女が別のコートに分かれて素振りをはじめる。

　菊地はそれ以上、釘宮に話しかけることができない。真司はほっとして、安堵の笑みを漏らした。菊地と早川が苦々しげに睨んでくる。

　やがて終鈴が鳴った。生徒たちが運動場から散っていく。

「おい、ラケット持っていけ」

　菊地が真司に、言葉鋭く告げた。早川は釘宮を誘ってネットを片づけている。

「だからおれは当番じゃないって。命令するなよ」

「女の手伝いはするけど、男のお願いは聞かないっていうのか。あーあー、おまえって本当に裏表のあるやつだなー。だから嫌われるんだよー」

　菊地が聞こえよがしに大声を出す。残っていた生徒が振り向き、真司の反応を見ていた。へたに口を出さないほうがいい、みんなそう考えている。

真司は菊地を一瞥(いちべつ)し、ラケットの詰まったカゴを持ちあげた。が、置いてあったはずの台車がない。わざとだな、と感じ、反発心からそのまま運ぼうとした。しかしカゴは重く、適当に放りこまれたせいでバラバラのグリップに阻まれて視界も悪い。真司はよたつきながら体育用具室へと一歩、また一歩と進む。

ふいに、むこうずねに衝撃を感じた。誰かに蹴られたのだ。カゴの上に乗りあげるようにして転んでしまう。怒声が聞こえた。

「なにやってんだよ、バカヤロウ。どうしてくれるんだよ」

菊地が一本のラケットを持ちあげて叫んだ。

「ガット切れてるじゃねえか。弁償しろよ」

菊地の突きだしたラケットに、穴があいていた。

「先生に張り替えてくれって伝えるよ。でも、おれのせいじゃないよ。誰かに転ばされたんだ」

足をかけたのは十中八九、菊地だろう。しかし見たわけではない。おまえがやったんだろ、なんて言おうものならどうなることか。

「これはオレの私物なんだよ。学校の安いラケットじゃ物足りないんだよ。ないと思ってたら、おまえ、適当にカゴに入れたな。しかも壊したな」

「いいがかりだよ。おれは言われたものを運んでただけだ。だいたい、なんで私物が入っているんだよ。最初からガットが切れてなかったって証拠はあるのかよ」

「証拠だと？　大きく出たな。指紋でもなんでも採れよ。でもわかってるぜ、オヤジに頼んで捏造できるってこと。汚ねえ！　超汚ねえ！」

なんでだよ。　言っていることめちゃくちゃじゃん。

真司は助けを求めて周囲を見回した。運動場に残っていた生徒は、みな校舎へと駆けていく。

突然降りだした雨のせいばかりではないようだ。

3　逸子

逸子は赤の傘を閉じた。水滴が玉になって滑り落ちていく。濡れた手を拭いてから扉を押した。

柔らかな照明が充ちた店では、壁や張り出し窓いっぱいに山登りの道具が飾られていた。左の壁の中央に立てかけられたオレンジ色のサーフボードだけが浮いていて、目を惹く。カフェフォレスト、この店はいつからここにあったっけ。二、三年前までは寂れた喫茶店だったような気がする。

克己が、そして美咲と由夢が、奥のテーブルについていた。逸子は動揺を抑えながらも笑顔を作る。

「遅くなってごめんなさい。仕事がなかなか終わらなくて」

「こっちこそ、忙しいところ呼びだしてごめんなさい」

にっこりと美咲が笑う。由夢が続けた。

「この場所をチョイスしたのは私でーす。以前外から見て、いい雰囲気だなあって思ってたんだ。駅や久瀬浦の海水浴場近くだと誰かに会いそうだし、穴場でしょ」

「なに食べますか？　逸子先生。買収される気はないけど、先生のおごりでいいよね。収入があるのは先生だけだもんね」

美咲がパウチ加工されたメニューを見せてくる。おいおい、と克己が呆れた。

「なに勝手なこと言ってるの？　呼びだしたのは美咲じゃん」

「いいよ。三人のお小遣いを減らすのは申し訳ないし、ごちそうします。でもひとり、そうね、二品まででいい？」

「飲み物は？　待ちながらもう飲んじゃってるんだけど」

美咲がすかさずつっこんでくる。ノーカウントでいいよと笑ってみせた。

とはいえ実際に二品注文したのは美咲だけだ。由夢はダイエット中だからとサラダボウルで、克己は副菜を含めてワンプレートになったハンバーグ。美咲が同じプレートとパフェを頼んでいた。食べきれないからやめろと克己が止めるも、美咲は唇を尖らせたまま、言うことを聞かない。

「さて。用件はわかってますよね、逸子先生」

食事があらかた済んだころ、美咲がきっ、と見据えてきた。

「お兄ちゃんとつきあってるの？　つきあってないの？　どっち？」

逸子は返事に詰まった。学校では目さえ合わせてくれなかったのに、ずいぶんストレートだ。

「怖いって、美咲。頼むから穏やかに話してくれよ」

克己がなだめる。

「ごまかさないで」

「そんなつもりはないよ。だけどホントに、電話番号を教えたのはバスケ部の用だって。逸子先生がオレなんて相手にするわけないじゃん」

ね、と同意させるように克己が目で語りかける。体育館でスリルを愉しんでいた彼とは別人のようだ。

自分を庇おうとしているのだ。一緒に嘘をつかなくてはいけない。

「古滝さん、わたしと古滝くんとは――」

古滝くんとは、克己とは、なにもない。

うまく口に乗せることができず、詰まってしまう。

「――顧問と生徒だよ」

かろうじて、そうごまかす。

「じゃあ逸子先生、カレシいるの？　いないの？」

美咲が冷静に訊ねてきた。

「いないけど？」

「じゃあ誰かとつきあいなよ。そうだねえ、あ、あの人。悪くないルックスじゃない？」

店内を見回した美咲は、カフェエプロンをつけた男性に視線を向けた。細面に黒縁眼鏡が優しそうだ。マスターなのだろう。

「適当なこと言うなよ、美咲」

克己がたしなめる。

「あの人指輪してたよ」

由夢が芸能人の婚約発表よろしく、左手の甲を縦にして見せた。そんな由夢を、美咲は睨む。

「なにチェックしてんのよ。余計なこと言わないで」

ちぇー、と肩をすくめ、由夢がスマホをいじりはじめた。

「古滝さん、本当にわたしたち、なにもないよ」

美咲が逸子と克己をじっと見比べている。

「わかった。もういい」

パン、と机をたたき、美咲が宣言した。

「つきあっていない。ふたりともそう言うんだね。だったらふたりとも、お互いが誰とつきあおうとかまわないってことだよね？　違う？」

「それは、そうだよ」

克己が虚勢まじりに胸を張る。

「じゃあお兄ちゃん、あたしとつきあおう」

「おまえなあ。おまえは妹なの」

「逸子先生も、先生だよ。いけないいんじゃないの？」

逸子は答えられない。

「お兄ちゃんとつきあうなら、先生を辞めてよね。とりあえず、今日のところはそういうことにしておく」

「今日のところは」が、どんな意味なのかわからない。だが、美咲が納得していないのはたしかだ。

「あ！　え！　わ、嘘。見て見て！」

由夢が突然、奇声を上げた。スマホの液晶画面を高く掲げて見せてくる。

店内のすべての客の視線が、由夢に向けられた。マスターだけが表情を変えず、手元の料理に集中している。

克己がうつむき、美咲が由夢の腕を下に引っぱる。逸子は周囲に頭を下げた。

「ごめーん。だって、だってほらこれ。このＬＩＮＥ。テルくんからだよ。つきあってもいいって。私、今日、思い切って告白したの。嬉しい！　どうしよう！」

謝っていたはずなのに、由夢の声はどんどんと大きくなる。客たちは苦笑しながらも、ほほえましいものを眺める目で見ていた。克己がわざとらしく肩を落とす。

「完全に目立っちゃってるよ。恥ずかしいなあ。でもまあ、よかったじゃないか、由夢ちゃん。おめでとう。はい、これで解決。パフェの残りを食ったら解散しよう」

「よかったね、由夢。やっぱノゾミくんのおかげかな。テルくん、昨日までカノジョといちゃついてたのに、由夢を選んだなんてすごい。効果満点だね」

美咲と由夢がうなずきあっている。

「だね。ノゾミくん、すごい。美咲の願いも実現するといいね。あー、まだ心臓バクバク」

由夢が水を飲んだ瞬間、また手元のスマホが鳴った。

「テルくんだ！　えっ、あ、今から会いたいって！　ごめん、行ってくる」

「バスの時間、いいのある？」

急いで席を立った由夢に、美咲が声をかける。逸子も続けた。

「菅野さん、あんまり遅くならないようにね」

「はーい、わかってます。ねえ美咲、今日、もし帰らなかったら美咲のところに泊まったことにしておいて」

「わかってないじゃん」

克己が笑いだす。

由夢は乱暴にガラス扉を開けて駆けていった。ちゃんと帰りなさいよとかけた逸子の声は、聞こえたのか聞こえていないのか。

逸子が横を見ると、美咲が不思議そうな顔で左右を眺めまわしていた。

「どうしたの？　古滝さん」

「うーんと、今、誰かに見られていたような気がして……」

「見られてるに決まってるだろ。おまえら、めちゃめちゃうるさかったんだぞ」

美咲が頬を膨らませた。その後も美咲は、克己だけを相手に話し続ける。逸子は黙ってふたりのやりとりを聞いていた。

ガラス窓の向こう、外の雨が激しさを増していた。冷たい空気に震えるように、ガラスが白く濁っていく。

湿った空気がコーヒーの香りをひきたたせる。それでいながらときおり、押しのけるような潮の香りが店内に漂っていた。

4　アサミ

たしかにいる。誰かがアタシの後ろにいる。

本多アサミは振り向いた。しかし誰もいない。

残業を終えた夜のオフィス街は、午後から降りはじめた雨のせいで冷えこんでいた。ファッションビルや飲食店の並ぶ繁華街を抜けて、自宅マンションまで歩く。タクシーはもったいないと思って歩きだしたものの、途中から暗い道を通るので、少し後悔していた。つきあいはじめたばかりの町田も出張中だ。

ああ、まただ。たしかに誰かいる。用心しているのか足音は聞こえない。けれどときどき、後ろの空気が暖かい。もう九時が近い。酔っ払いかな。痴漢(ちかん)じゃなきゃいいんだけど。

アサミはスマホを取りだした。カメラの自撮り機能を鏡代わりにして背後をうかがう。しかし暗くてよくわからない。ストロボをオンにした。シャッターをタップすると、光が金属のポールに正面から当たった。結果、それしか写っていない。

足を速めた。サンダルのつま先に雨があたる。剝(む)き出しの足の指に水がまとわり、ぬるり、と滑った。

革がはがれたらどうしよう。高かったのに、と苛立ちが強くなる。

突然、アサミの尻に水が跳ねた。スカートの生地は薄く、水がしたたる。

アサミは振り返った。胸の下ほどの位置に、開かれた一本の傘があった。黄色い傘だ。低い位置でさしていて相手の顔が見えない。子供だろう。

「なにするのよ。冷たいじゃない。謝りなさいよ」

相手は答えない。

「子供だから許されるとか思うんじゃないよ。謝ったらどうなの？　え？」

アサミは、相手の傘を払いのけるふりをした。

黄色の傘が宙を舞った。いるはずの場所には誰もいない。アサミは目を見張った。自分の手も見た。払うようなしぐさをしただけで、実際に触れてはいないのだ。当たった感触もなかった。

「……やだ。なによいったい。ちょっと、誰がいたずらしてるの？」

アサミは声を荒らげ、周囲を見回す。

と。黄色の傘が空から落ちてきた。アサミの顔をかすめる。開いていたはずの傘は閉じていた。しかも、飛んだ方向とは逆から戻ってきている。

アサミはよろけた。

サンダルの踵（かかと）が歩道のブロックにはさまり、バランスを崩した。尻から水溜りに落ちた。立ちあがろうと手をついたアサミの指をめがけ、またもや傘が降ってきた。刺さりそうになる。

「やめてってば、いいかげんにしてよ」

大声で叫び、アサミは顔を上げた。

目の前に、さまざまなものが浮かんでいる。

黄色の傘。自分がさしていた花柄の傘。持っていた鞄。その中身。転んだときに脱げたサンダルの片方。

雨は重力にしたがい地上に降り注ぐ。しかし重力に逆らったものたちは、宙に浮かんでいる。

ぽっかりと。

アサミは悲鳴を上げた。それを合図としたように、浮かんでいたものたちがアサミをめがけて飛んできた。

頭に。肩に。尻に。脚に。

アサミは駆けだした。片方だけ足に残ったサンダルを蹴り捨て、裸足(はだし)で逃げる。腰を自分の傘で刺された。痛みに倒れそうになりながらも懸命に走る。

「誰か！　誰か助けて。誰か！」

叫ぶ声が雨音に消される。

アサミの息が激しくなる。荒く息を吐き、吸う。吐き、吸う。再び。吸う、吐く。すう、はあ、すう、はあ、すうううう。

吸いこんだ空気に、潮の香りが混じった。と同時に、アサミは喉の奥に、痛いほどの塩辛さを感じる。

なに？　なにを吸いこんだの。喉が痛い。頭が痛い。息ができない。頭……、頭が、頭が変。頭の中、なにかが暴れてる。やめて。やめてよ。頭、割れちゃうじゃないの。

「……ノゾミ」

今の、アタシ？　アタシがしゃべった？

「……ノゾミ、……願い」

しゃべってないって。アタシ、しゃべってない。誰？　誰がしゃべってるの。誰がアタシの頭を勝手に使ってるのよ。

「……ノゾミ。……ノゾミ。……願い。……応じ。はー、はー、なー、なー、しー、てー。……ノゾミ。……約束。はー、なー、せー、ゴホっ、げぼ、げー、げーっ」

アサミは地面をのたうち回った。

身体を反らせ、喉をかきむしる。

無数の赤い傷が、首に、胸に、刻まれた。美しくペイントされた爪が皮膚を剝いていく。アサミは激しく咳きこんだ。身体の中身がくるりとひっくり返るほどに。喉が鳴った。涙がにじむ。マスカラの滓(かす)で目の周囲が汚れていく。

ふと気づくと、頭の痛みは消えていた。喉の刺激も、消えていた。

出ていった？　あいつ、出ていった？

アサミの鼻腔を、再び潮の香りがくすぐった。

「ひいっ」

アサミは跳ね起きた。立ちあがり、まろびながらも駆ける。そして叫ぶ。

「助けて！　誰か、誰かーっ」

雨のカーテンの向こうに灯りが見えた。アサミは車に向かって手を振り、半身を伸ばした。
運転手はアサミに気づかないのか、通り過ぎていく。
次の灯りが見えた。
「助けて！」
よろける足に力を込め、アサミは一歩を踏み出した。灯りが近づいてきた。
真正面に。
アサミに気づいて驚く男の顔が、大写しになった。

5　真司

どうして帰るなり、なにも言わずに溜息つくかな。それも聞こえよがしにでかいのを。オヤジのやつ、こっちがどうしたと訊くのを待ってるんだ。ガキか。おれからは絶対、言ってやらねえぞ。

真司は狭い官舎の玄関に背を向けた。表面に埃（ほこり）の浮いたテレビ画面からは、騒がしい笑い声が聞こえる。バラエティ番組を選択したのは自分なのに、その笑い声が鼻につく。舌打ちをしながら他のチャンネルをザッピングしたが見たいものはなく、結局もとの番組に戻した。

二度目の溜息をつきながら、父親の富永暢章が台所を兼ねたリビングに入ってきた。

「はあ。報告書だなんだで疲れたよ。真司、おまえメシ食ったか?」

「食ったに決まってるだろ。十時過ぎてるんだぜ。オヤジの分、そこにあるから」

真司は流し台を指さした。パック入りの弁当をコンビニの袋のまま置いている。真司が食べた空のパックは、不燃ゴミ用袋の中。袋は床に直置きだ。真司の家には、それをだらしないと怒るものはいない。母親は去年、離婚して出ていった。兄弟姉妹もいない。

「こんなのばかりじゃ栄養のバランスが悪いぞ。サラダを加えるとか、味噌汁を作るとかしないと」

「そう思うなら自分で作れよ。ずっとサボりっぱなしで。おれだって面倒なんだよ」

「怒るな怒るな。仕事が立てこんでたんだよ」

暢章が食卓の隅に置かれた菓子のカゴを引き寄せた。徳用袋入りのチョコレートやせんべいが入っている。そのチョコレートの袋に大きな手が入れられた。

「ていうか、なに食ってるんだよ、オヤジ。栄養がどうこう言うなら、まずメシ食えよ」

「甘いものは疲労回復と脳の働きを高めるのに効果があるんだってさ。俺が甘党なのは正当な理由があったんだな。頭、使ってるってことだ。それにしてもあの男、よく俺が甘党だと気づいたな。ま、俺は酒を飲まないから晩酌代わりのリラックス法だ」

ワケわかんないこと言って、うっとうしい。

豪快に笑う父親の声のほうが、テレビより不快だった。真司は立ちあがる。

「勉強してくる。好きに食え」

「待てよ、真司。話があるんだ」

暢章が真顔になった。

「おまえに訊きたいことがある。おまえ、いやおまえの周りの誰か、まあ、そのあたりの話なんだが」

真司の腹の底が冷えた。

オヤジ、気づいたのかな。おれがクラスでシカトされていること。一学期がはじまってすぐの、掃除事件以来だからさすがにまいっている。けど、オヤジに言ったところでどうしようもないし。

いやむしろ、知られたくない。オヤジのことだ。くよくよ悩むな、ふがいない、そう言って怒るだろう。へたすりゃ殴られる。頭はガキだけど、身体は柔道五段の体育会系、筋肉バカだ。学校に口を出されたらもっと困る。それこそ早川と菊地が、職権濫用だの公権による弾圧だのと言いだすだろう。

「おまえ、ノゾミくんって知ってるか?」

　まじめな顔をして訊ねてきたのがそれだ。真司は、ノゾミ？　とおうむ返しをした。

「ああ。ノゾミだ。そいつに願いごとをすると現実のものになるとかいう、噂っていうか、おまじないだよ。最近、若い連中の間で流行(はや)っているっていうから」

「聞いたことはあるよ。女子が話をしてた。海のそばで合わせ鏡をしてノゾミくんを呼んで、願いごとをするとかいう話」

「誰か、効果があったってやつを知ってるか？」

「はあ？　知るかよ。するのか、オヤジ。してみれば。……いややめてくれ。不気味だ」

「事件がらみでそんな話を聞いたものだからな。願いをかなえてもらった見返りの、ノゾミの願いってのがあるらしいんだが、それは知らないか？」

「知らない。それ、友だちの友だちから聞いた話、とかいう都市伝説だぜ」

「じゃあやっぱり中学生レベルの話か」

　暢章が、チョコレートを歯で割る音を響かせる。その軽い口調が気に障った。

　中学生レベルだと？

　ばかにしてるのか。オヤジにとってはきっと、おれが悩んでいることも中学生レベルなんだろう。クラスの連中とうまくやっていけないなんてこと、大人になったらなんでもなくなる、その程度だと。

「しかしなんだな。たあいのないまじないに頼るやつもいるんだな。いや、事件がらみっていうのはな、詳しい話はできないが、いい歳をして子供みたいなのでな」

たあいがなかろうがなんだろうが、頼りたいことがあるから頼るんじゃないか。困っているから、悩んでいるから、まじないに願うんだろ。

そんなこともわからないのかよ。

話を切りあげたいと、真司は背を向ける。

暢章のスマホが鳴る音がした。ちょうどいいと、真司はそろそろと遠ざかる。

「はい、富永。はい、自宅であります。はい。はい」

暢章が几帳面そうに答えている。

「はい。丸之内(まるのうち)二丁目の交差点で。はい。……しかしそれはまさに交通課の仕事で。……ええっ？」

ぎょっとするほど緊迫感に充ちた暢章の声がした。真司は思わず振り返る。

「本多アサミ……。はい、昼間、私が聴取いたしました。それで容体は、……即死、ですか」

第三章　水曜日

1　美咲

「お兄ちゃんったら、あたしと一緒に登校するのは嫌だって言いだしたんだよ。図書館に早朝勉強をしに行くんだ、だって。本当かなあ、逸子先生に会うつもりじゃないの？」

バスを降りた美咲は、空色の傘を開いた。続いて由夢も、猫の柄の傘を開く。朝には雨も上がると聞いていたが、ずるずると小雨が残っていた。濡れることをいとわない男子生徒が、校門までの上り坂を駆けていく。

「美咲、急に逸子先生のことが嫌いになったんだね。あんなに懐いてたくせに」

「懐いてなんていないいって」

「昨日の話で納得したと思ってた」

「するわけないじゃん。お兄ちゃんのために騒がないことにしただけ。バレたらお兄ちゃんだってただじゃすまないでしょ」

兄の内申が下げられたら大変だ。とりあえず卒業までは目をつぶろう。大学に入ってしまえばこっちのもの。晴れて逸子を糾弾し、退職に追いこむのだ。美咲はそう計画を立てた。

泳がせて証拠をつかむ。あたし、スパイ映画の主人公みたいじゃん。でもそのまえに、さっさと別れてほしい。

「お兄さんのこと、そんなに好きなの？」

「あたしの基準はお兄ちゃんなんだもん。お兄ちゃん以上の人はなかなか現れないんだよね。あーあ、いいなあ、由夢はラブラブで」

「ラブラブ、か」

上ってきた坂道を振り返り、由夢が低い声でつぶやいた。歩道には色とりどりの傘が咲き、カラフルな傘はカラフルな傘と、黒や青の地味な傘は同じような色と群れている。だが地味な色の傘に寄り添う明るい色の傘もあった。公認カップルだろう。

ああいうのうらやましいよね、なんて話を由夢としていたっけ。美咲はそう思いだし、ふと疑問を感じた。

「よく考えたら、由夢、なんであたしと登校してるの？　テルくんと一緒じゃなくていいの？」

「今ごろ気づく？　美咲、自分のことばっかり話してて。愚痴を言いたかったのは私のほうだよ」

「愚痴？」

「テルくん、私と会ったあと、ＬＩＮＥが全然、既読にならなかったの。夜中に問い詰めたらあの女と会ってた」

美咲は混乱した。あの女って誰だろう。

「テルくんとつきあうって話になったんだよね？　あの女って？」

「あの女はあの女だよ。テルくんは別れてないの。私とつきあうって言ってくれたけど、あの女とも別れずに、これからもつきあうんだって」

「前のカノジョ？　一昨日(おととい)までテルくんとつきあってた子？　それってアリなの？」

「テルくん的には、アリみたい。私とのことは私とテルくんの話、あの女とのことはあの女とテルくんの話。それぞれ別だからって。どっちも違うタイプだからどっちかを選ぶのは変だよ、選ぶというのは同じカテゴリーの中から選ぶものだろって。そう言われると、そうなのかなって納得させられちゃって」

「ちょ、ちょっと待って。違うよ。それ、違う。変だよ」

「だよねー。あの女、別れたくないってがんばっちゃってるんだよ」

いや由夢には悪いけど、テルくんが変だと思うよ。

そうは言えぬまま、美咲は由夢を見た。いつもと同じように大人っぽくてきれいだけど、目元が少しくぼんでいる。

眠れなかったんだな、由夢。……このままじゃ由夢が傷つく。由夢が怒ると怖いけど、ちゃんと言わないと。

「……あのね」

「だからね」

ふたりの声が重なった。由夢が続ける。

「私もう一回、ノゾミくんにお願いしようと思うんだ」

「え？　一昨日あんな怖い目に遭ったのに」

「海のそばだったらいいんだって。夜八時って説もあるけど、夜中の一時台、昼の一時台って説もあるんだよ。だったら学校だっていいよね。海が見えるから、そばといえばそばだし」

「やるの？　学校で？」

「それが一番早い時間だもん。今度は正確に頼むんだ。テルくんがあの女と別れて、私だけとつきあってくれるようにって」

「でもノゾミくんへの願いごとって、ひとつだけって言ってなかった？　心の底からの思いだけって」

「同じ願いごとだよ。一昨日は説明不足だっただけ。いくらなんでも、前のカノジョと別れなくてもいいからつきあってだなんて、頼むはずないのにね。ノゾミくん、子供すぎてわからなかったのかな」

「子供？」

「そうだよ。私が聞いた話では、ちっちゃい子供なんだって」

　そういえば話の出所は聞いていなかった。海の近くの病院で死んだ、だから海のそばで願いごとをする、そのくらいだ。由夢は誰からノゾミくんの話を聞いたんだろう。クラスの子？　中学時代の友だち？

　美咲たちは、昇降口までやってきた。傘を畳む生徒たちで混雑している。足を止めて順番を待つ。

「……あのさあ、由夢」

　美咲は口ごもりながらも続けた。

「はっきり言うね。由夢にはもっといいカレシができると思う。テルくんが七十点なら、百点の」

「なにが七十点？　テルくんは百点だよ」

「じゃあその人は百五十点、二百点かもしれない。つまり、その、テルくんはやめときなよ」

「なに言うの、美咲」

「同時進行なんておかしいよ。それはダメだよ。由夢のことだけ見てくれる人を探そうよ。絶対いるって」

「だから同時進行にならないよう、もう一回、ノゾミくんにお願いをするんだってば。だいたい自分はどうなの？　美咲だって、美咲のお兄さん、美咲のこと見てないよね」

「もう。今は由夢の話をしてるんだよ」

「同じじゃん。美咲はそれでもお兄さんがいいんでしょ？　私もテルくんがいいの。テルくんじゃなきゃ、ヤなの」

「お兄ちゃんは同時進行なんてしない。できない人なの。でもテルくんは同時進行する人、できる人なんでしょ。今回、そのカノジョと別れさせることができたとしても、次も同じことをしかねないよ。そしたら由夢が傷つくよ」

由夢の顔が歪んだ。

予鈴が鳴った。由夢が乱暴に人の波につっこんでいく。

「待ってよ、由夢」

由夢は振り返らなかった。言い過ぎただろうかと、美咲は唇を噛む。

2　暢章

「なんか怪しまれそうですよね。交通事故なのに、僕ら刑事課の人間が出向くんですよ。やりにくいなあ」

「むしろ上等じゃねえか」

暢章は浮かない表情の山本に活を入れた。八階建て賃貸ビルのエレベータがふたりを乗せて昇っていく。昨日も訪れたばかりの事務機器メーカー、マチダの事務所があるのだ。

「なに課の捜査員が来ようと、一般人が気にすることか？　妙な反応を示すヤツこそ怪しいだろ。相手の顔色を読むんだよ。好奇心からか、不安がってのことか」

「実際のところ、富永さんはどう思ってますか？　僕、自殺はないと思うんですよね。あの本多って子の性格からして」

嫌そうな表情で山本が言う。

本多アサミは車にはねられて死んだ、それは事実だった。だが誰かに追われていたように見えた、突然車道に飛びだしてきたのだと、運転していた男性が泣いて訴えたという。同僚の能美静香が死んだばかりだ。もしもなにものかに襲われて逃げていたのだとしたら、犯人は同一人物かもしれない。

「他人の悪口を楽しげに言う女だからって、死んでいい道理はないんだよ。不審があれば明らかにするのが俺たちの仕事だ。誰かが関与しているなら、そいつを裁きの場に引きずり出す。誰であっても事件の前には平等だ。今さら言わせるな」

本多の荷物は、あちこちに放り投げられていた。靴は履いておらず、足裏には擦(さつ)過傷(かしょう)があった。その傷のようすから走っていたと思われ、運転者の訴えを裏づけることになった。靴――サンダルは五百メートルほど北の位置にあり、ばらばらに落ちていた。雨のせいで足跡は残っていないがほかの荷物も点々と落ちていて、走りはじめた場所から事故に遭うまでのルートが想定できた。目撃者はまだ見つからない。街中の防犯カメラも、逃げる本多の姿は見受けられたが、追っている人間は映っていなかった。

頸部（けいぶ）から胸部にかけてのひっかき傷も不自然だ。爪に残る血や皮膚片から自傷だと思われるが、そこに本人以外のものがあるかどうかは鑑識の結果次第だ。

エレベータが止まった。マチダの事務所は七階と八階のツーフロアになっていて、受付は七階にある。

暢章と山本に、ぶしつけな視線が向けられた。昨日、能美の件で会ったばかりの総務課の課長が、頭を下げてくる。そのまま応接室へといざなわれた。

「どうなっているんでしょう、続けざまにふたりも」

それはこちらが訊きたい、と思う暢章だ。しかし会社でトラブルがなかったのかと訊ねても、なにもないという答えしか返ってこない。そんなはずはないだろうと思いながら、本多アサミのひととなり、会社でのようす、交友関係を質（ただ）した。

「まじめで仕事もできてベテランですよ。いい子だったんですよー。かわいそうにー」

能美のことを訊ねた際と、一言一句、同じ返事だった。この課長は、本多アサミも能美静香も、支障なく仕事をしているかどうかしか見ていないようだ。

続けて、昨日カフェフォレストに同行していた同僚をひとりずつ呼んだ。それぞれが哀悼を口にし、涙を見せた。アサミに恨みを持つ人間はいないかと訊ねると、全員が同じ答えを返した。能美の前任の女性をいびり出したのだと言う。しかしその女性は結婚して、今は夫の海外赴任でロンドン住まいだそうだ。アサミは明るくて話が達者だが、一方で気性が荒く言葉がきつい。恨みを買いやすいタイプではないか。能美に対しても、気が合わないからか楽しみからか、きつく当たっていたのだという。彼女たちは打ち合わせでもしたかのように、そう言った。

「自分たちはうまくつきあっていたけれど、内心言いたいことはあった、ってところでしょうか。本多は同じようなことを繰り返してたんですね。聞けば聞くほど負のオーラにやられそうです」

「それが刑事の仕事だろうが。甘えるな」

愚痴を言う山本を、暢章は叱咤した。が、たしかに気分は重い。

つきあいはじめたばかりの恋人がいたはずだ、と思いだした。呼んでもらう。

その町田は席につくなり、迷惑ですよと言った。

「一回寝ただけですよ。いや、二回かな。それでつきあってるって言われてもね」

町田が黒いフィルターの煙草を出した。金色のライターを出して火をつける。いまどき相手に喫煙の許諾を得ないとは珍しい。そういえばこいつは社長の息子だったな。暢章は町田の言動に納得した。

「本多さんは、あなたと恋人関係にあると周囲に話していたようですよ」

「僕、忙しいんですよ」

「お時間をいただいてすみませんね」

「いやあなたたちのことじゃないですよ。決まった相手とつきあうのは大変だってことです。つきあうってことは、相手に自分の時間をあげるわけでしょ。けど、普通に欲望もあるし、たまにはヒマになる。呼んだらすぐ来たし、向こうも性欲処理でしょ」

「愛情はなかったんですか？　では本多さんから強い愛情を示されて、閉口なさっていませんでしたか？」

「今、閉口してますよー」

暢章の問いに、町田は快活に笑った。冗談のつもりなら趣味が悪い。

「アサミは頭の中、食い物とファッションしか入ってない女ですよ。ひまつぶしの相手ですね」

町田は最後まで悪びれなかった。本多の交友関係はまったく知らないという。能美のことはさらに眼中にないようすだ。

暢章と山本は再びエレベータに乗った。車を置いている地下駐車場に戻るのだ。

山本が溜息をついた。

「僕、今ちょっとだけ本多に同情してます。愛憎のもつれって定石じゃないですか。

町田が犯人の筋もあるかもと思っていたけど、もつれようがないですね。町田にとっては、殺す価値もないみたいです」

「どっちも薄っぺらい、似合いのカップルだよ」

「昨日はすごく得意そうだったのに。ノゾミくん、でしたっけ。ノリでやったようなことを言いながらも、それが効いたとかって」

「そのノゾミとかいうおまじない、昨夜、息子に訊いてみたよ。さすがに知っていたな」

「へえ、若い子の間では流行ってるんですね」

山本があいづちを打ったところで、エレベータが止まった。

暢章たちが停めた車の近く、隣りあうクラウンとレクサスの車体を磨きながら、ふたりの老齢の男性が話をしていた。一方は、昨日も会ったマチダの社員だ。運転手として雇われ、役職を持つ人間を乗せてあちこちに行くことが本来の職務だったが、そんな仕事もだいぶ減り、庶務的な業務も行っているという。それがクラウンのほうだ。

彼には昨日、スクーター置き場に近づいた人物がいないか訊ねている。スクーターの駐輪場と社用車の駐車場は離れているのでわからないとのことだった。しかしレクサスの男性のほうには会っていない。ちょっと話を聞いてみるかと、暢章は声をかけた。

「いや。俺もわからないね。だいたい俺、別の会社の人間だから」

「それは失礼しました。親しそうなようすだったので」

「お互い、息抜きしてるんだよ」

クラウンのほうが、にやにやしながら言った。レクサスのほうもうなずく。彼もまた、このビルに入居している別の会社の運転手兼庶務社員という位置にいるという。だけど、とその彼が続ける。

「能美さんのことは知ってるよ。優しい子だよね」

「優しい、ですか？」

暢章は聞きとがめた。能美は内気で人づきあいが苦手というのが、大半の評判だ。なのに別の会社の人間にそう言われるとは。

「俺、腰痛もちでね。その愚痴をさっきみたいにこいつとくっちゃべってたんだ。そしたら能美さんに聞かれちゃってさ、サボってることチクらないでよ、とか頼んだわけ。そしたら翌日、対策グッズを検索してみたと言ってプリントアウトした紙を渡してくれたんだ。そこにあった車のシートクッション、買ってみたらかなり優秀でね。感謝してるよ」

「私もあまり接点がなかったんだよね。でも渋滞にはまって大事な仕事に間に合わないって連絡を入れたら、あの子がいろいろ段取りをしてくれて、なんとか切り抜けることができたんだ。そのお礼をしたらさらにお返しを持ってきてくれてね。それがちょうど、彼と愚痴話をしてたときだったわけ」

　クラウンのほうが言った。

「段取りは仕事でしょうが、対策グッズとはまたずいぶん親切ですね」

　暢章が応じる。

「だろう？　あの子、善行の種を探しているようなことを言ってたな」

「善行の種、ですか？」

「本当はそういう言い方じゃなくて、……なんだったかな、ともかく、いい子だったよ。なのに死んじゃうなんてなあ」

　ふたりが同時に溜息を落とす。

　本多については、美人という印象で共通していた。本多は総務の社員だが役員の秘書的な役割も果たしていたため、ほかの女性社員より駐車場に降りてくる機会が多いという。

「ちなみに本多さんは、能美さんのスクーターを知っていましたか？」

「そりゃ知ってるだろうよ。駐輪場の使用許可申請も担当してる。ビル共有の場所だから、許可外のものを停めないよう、車種までちゃんと届け出させるよ」

　なるほど本多は、嘘をついていたわけだ。

　知っているか否か、その程度のことで嘘をつく理由は、ひとつしかない。

3　美咲

昼休みのあとの授業が物理だなんて、消化に悪い。誰かがそんなことを言っていたっけ。逸子先生の教え方はわかりやすいから、今までそういう子の気持ちがわからなかった。だけど今日は、右にならえの気分だ。

美咲は教壇を睨んだ。教壇にはチャイムと同時に入ってきた逸子がいて、欠席の生徒を確認している。

「あれ？　菅野さんはどうしたの。朝のホームルームにはいたよね」

美咲はななめ後ろの席を振り返った。逸子の言葉でやっと、由夢の席が空いていることに気づく。

由夢には休み時間のたびに話しかけていたが、ずっと無視された。昼食も別々だ。由夢はひとりさっさと昼食を済ませて教室から出ていった。そういえば、ノゾミくんに念押しをするって話をしていたっけ。あれから戻っていないのか。

顔を前に戻すと、逸子と目が合ってしまった。無視もできず、美咲は首を横に振る。

「保健室かな。誰か聞いている？」

みなが口々に、知らないと答えている。

「あとで保健室を確認してみるね。では授業をはじめましょう」

教科書を読む逸子の声が、教室に柔らかく響く。

今日は作用反作用について。押すと同じ力で押し返されて、引っ張ると同じ力で引っ張り返されて、という説明に、美咲はうらやましいと思う。人の心もそんなに単純ならいいのに。押しても同じ力では戻ってこないことばかりだ。その力、どこに行っちゃったわけ？

窓の外、太陽の光が雲を突き破っている。午前中に上がった雨は蒸し暑さをつれてきた。校庭の向こう、樹々の間から海が輝く。

美咲のポケットでスマホが震えた。机の下に隠しながら、液晶画面をチェックする。

由夢からの電話だ。

授業サボってなにやってるのよ。っていうか、授業中だってことぐらいわかるでしょうに。

美咲はそのまま机の下で、早く教室に戻りなよと、由夢宛てにＬＩＮＥでメッセージを送った。すぐさま美咲のスマホが震える。慌ててバイブレーションをオフにした。

《たすけて》

そんなメッセージが現れた。たすけて、ってなんだろう。美咲は、はてなマークのスタンプを送る。助けてもなにも、由夢がどうしてほしいのかわからない。どう言葉を綴(つづ)ろう、と考えていたところ、またメッセージがやってきた。

《のぞみくんにころされるたすけて》

のぞみ？　ノゾミくん？　どういうこと？　ころされる？　……殺される？

ワケ、わかんない。

でも、なんか……、ブキミ。

美咲の足元からゆっくりと、気持ち悪さが這いのぼってきた。不快指数百パーセント。今日の天気のように、ねっとりと肌に絡まってくる。

「先生。古滝さん、隠れてスマホしてます」

女子生徒のきっぱりとした声がした。通路をはさんだ隣に座るクラス委員だ。教室中の視線が自分に集まる。

「いえ、あの。あたしはちょっと……」

ふいをつかれた美咲はうろたえた。

「さっきからずっと、机の下でごそごそして。気が散るんですよね。やめてください」

　クラス委員は顎を上げ、声高に言った。

　逸子が教壇から近づいてくる。

　よりによって逸子先生の授業でチクらないでよ。自分だって、違う教科の宿題してたことあるくせに。美咲は隣の席を睨む。

「なに睨んでんのよ。逆ギレしないでよね」

「そっちこそ正義感気取りはやめてよね」

「ふたりともやめなさい。古滝さん、スマホを貸して。授業が終わるまで預かるから」

　逸子の手が、美咲に差しだされた。

「待って、逸子先生。今はダメ」

《のぞみくんにころされる》

　また送られてくる。なにがあったの、由夢。

「……ダメなの。あの……、スマホのことは謝ります。でも、由夢が」

「菅野さん？　菅野さんと連絡を取っていたの？　菅野さん、どこにいるの」

　逸子が問う。

スマホの液晶画面に、再び着信の通知が浮かんだ。由夢だ。逸子の視線が美咲の手元に向けられる。

「先生、お願い。出させて。おかしいの。由夢、おかしいんだよ。だって……」

――のぞみくんにころされる

「おかしい？」

美咲の顔をじっと見て、逸子が答えた。

「わかった。出てもいいよ。出て、それからわたしに代わって」

逸子の言葉が終わるより先に、美咲はスマホの通話ボタンをタップした。耳に当てる。

誰も、答えない。

「由夢！　由夢！　聞こえてるの？」

美咲は何度も叫んだ。しかし受話口の先は無言だ。

教室がざわめく。

「みんな、少し静かにしてあげて」

逸子が言った。すがるような気持ちで、美咲は顔を上げる。

と、由夢がいた。

逸子の向こう、光射す窓の外に、由夢が見えた。

窓の外に。逆さまに。

「きゃあああああっ」

絶叫したのは、美咲だけではなかった。幾人もの生徒が、窓の外を落ちていく由夢を目にしていた。悲鳴は複数の教室から上がり、すぐに地を震わせる音がやってきた。校舎がさらにざわめく。

美咲は床に崩れ落ちた。喉の奥から酸っぱいものが上がってくる。

生徒たちが窓に取りついた。全開にされる。

風が吹いた。

雨上がりのぬるい風が、潮の香りを含んで教室を駆け抜けた。

生臭いにおいを、混ぜながら。

4　暢章

「高校生が屋上から転落したって？」

夕刻、暢章は山本と共に、津久勢署二階にある刑事課に戻ってきた。あたりがざわついていたので、同期の杉尾（すぎお）を捕まえて理由を訊いたところがこれだ。少年事件で目立った活躍を続けている杉尾は、同じフロアを使っている生活安全課のエースだ。

「午後一時三十六分。津久勢高校において一年生の女子生徒、菅野由夢、十五歳が四階建て校舎の屋上から落下。頭部打撲で即死。現場検証と事情聴取が終わったところだ。屋上は建前上立ち入り禁止だった」

「建前上？」

暢章の疑問に、杉尾が苦笑いをする。

「高校の屋上だろ。授業をサボったり、女の子誘ったり、ときには喧嘩をしたりといった場所だ。鍵はあるが、学校と生徒の攻防だ。直すたびに誰かが鍵を壊す」

「津久勢高って、そんなバカな高校じゃないよな」

「勉強ができることと青春に燃えることとは同時成立するぞ。適度に青春を謳歌しないと鬱屈するからな。人生、遊びが必要だ」

そんなものかね、と暢章は肩をすくめる。

「屋上によく出入りしていた生徒の面は割れている。全員にアリバイがあった。授業中だから当然だな。朝一番の出席チェック後、早退者と保健室にいたものを除けば、屋上にいたと思しき生徒はいない」

「アリバイ？　事故や自殺じゃないのか？」

「菅野は死の直前、親友にＬＩＮＥでメッセージを送っていた。『たすけて』『ころされる』とな。しかし」

　杉尾がもったいをつけ、薄く笑った。

「なにを笑ってるんだよ。笑いごとじゃないだろ」

「笑ったか？　そんなつもりはないんだが、どんな顔をしたらいいかわからなくてな。……なんせ、殺したという相手がただものじゃない。『ノゾミくん』だとよ」

　ノゾミ……だと？

　暢章は混乱する。何度その名前に遭遇するのだ。

「オレは初めて聞いたよ。若い連中の間で流行っている噂だそうだ。そのノゾミとやらが、願いに応えてくれるという。なんでも、海のそばで合わせ鏡を作って――」

「いやいい。話は知っている」

　暢章が遮った。

「へえ、意外だな。その噂はともかくとして、念のため『のぞみ』と読む名前の生徒と教職員のアリバイも調べてみた。男性一名で女性が三名。全員が登校していて授業中だ。つまり教室にいた。さて、どう思う」

「どうと言われても。俺の聞いた話でもノゾミってのはおまじないで、怪物だの妖怪だののたぐいじゃないはずだ」

「菅野が最後にＬＩＮＥのやりとりをしていた親友が、同じクラスの古滝美咲、十五歳だ。その古滝は、菅野はノゾミを怒らせたんじゃないかと言った。ノゾミに願いごとをかなえてもらったのに、望んでいた形ではないと追加の願いを伝えた。だから怒って殺されたのではと」

「なんだそれは。追加を伝えると怒るのか？」

暢章も苦笑しそうになった。たしかに笑いごとではないが、つい笑えてしまう話だ。

「その子によると、願いごとはひとつと決められているそうだ。それを破ったんじゃないかと」

「本多アサミも言ってましたね。ノゾミくんに願って、彼氏をゲットしたって」

話を聞いていたのか、山本が背後から口を挟んでくる。その口を、暢章は持っていた書類ではたいた。

「浮ついたこと言うと、殴るぞ」

「殴ってから言わないでくださいよ。パワハラですよ、係長。でも、似てません？ふたりとも願いごとがかなったんでしょ」

「ちなみに菅野の願いごとは、好きな男の子と恋人になりたいというものだった。ただしその彼は、以前の彼女と別れていなかった。だから菅野は、彼女と別れさせてくださいという追加の願いを訴えると言っていたそうだ。実際、屋上には鏡が二枚、落ちていた」

「その彼と、別れていなかった彼女にも、アリバイがあるんだな？」

そうだ、と杉尾がうなずく。

山本が、あ！　と手を打ち鳴らした。

「本多アサミ、こうも言ってましたよね。ノゾミくんへのお返しとか約束とか聞いてないって。本多もノゾミくんを怒らせたんじゃないですか？」

暢章はうんざりと山本を見る。

「いいかげんにしろよ。怒らせたからなんだというんだ。子供と同じ思考回路になってどうする」

「本多アサミとは、富永が関わってる事件だよな。それから能美静香もだったっけ。オレたちも、過去に車やスクーターへのいたずらで指導をかけた子供たちのリストを上げたよ」

「スクーターにいたずらをした犯人は、本多の線が強そうだ。今、指紋を調べてもらってる。いたずらというより、悪質な嫌がらせ、いじめだな。能美と本多の間には、トラブルがあったようだ」

「なるほど。しかしその本多も死んだわけだ。で、山本クンの説によると、本多もまたノゾミくんとやらに殺されたと？」

杉尾がからかってくる。

勘弁してくれ、と暢章は山本を睨んだ。

「たとえば『口裂け女』の噂、あれなら俺も聞いたことがある。俺たちが子供のころからある、息の長い都市伝説だ。だけど誰も『口裂け女』に襲われて死んだなんて事件を扱ったことはないよな。それと同じだよ」

「ああ。死んだ菅野は恋愛関係のトラブルを持っていたが、三角関係の残りのふたり、彼とその彼女にはアリバイがある。となると、あとは本人だけだ。オレは自殺だと思う。ノゾミがどうこうというのも精神的に不安定だったせいだろう」

杉尾が言う。暢章もうなずいた。

「そんなところだよな。どこかで線を引かなきゃいけない。現実的な線をな」

5　真司

「請求書を書けよ。メモでいい。弁償しろというならしてやる。だけどガットの張り替えに必要な額だけを支払う。当然だろ」

真司は早川を睨んだ。呼びだされたのはコンビニの駐輪場だ。正面がガラス張りの店は、夜の中に光を放っている。県道沿いなので、正面の駐車場も脇の駐輪場も広い。幾台かの自転車が、地面に直置きされていた。真司は立てておいている。

早川も真司を睨んできた。筋肉質な早川は、真司よりはるかに頑丈そうだ。それでも真司は、ひるむものかと早川を見返す。

「カツアゲじゃないって言うんなら、渡せるはずだろ」

「セコイ奴だな、はした金ケチりやがって。わかったよ。メモでいいな。とりあえず万札をよこせ。釣りは後でやる」

「三千円しかない。足りないなら後で払う。実際のレシートも確認させてもらう」

早川の顔を見据えながら、真司は折った千円札をかかげる。

「あー、待て待て。店の中に菊地がいる。俺が頼まれたのは一万だ。あいつのラケットなんだし、一緒に中に来てくれ」

だったら最初から菊地が外で待ってりゃいいじゃないか。パシリやってんじゃねえよ。

と口をついて出かけた言葉を、真司は呑みこんだ。これ以上難癖（なんくせ）をつけられたくない。真司は早川と連れだって店に入った。とたんに、早川は馴れ馴れしく肩に手を回してくる。

なんだよ、気持ち悪いな。

「おう、遅かったじゃないか。待ってたんだぞ」

レジ前にいた菊地が満面の笑みを浮かべ、ふたりに近寄ってきた。

「さっき早川にも説明したけど、この金は請求書と引きかえ――」

真司は早川に手首をねじられた。手の中にある千円札も奪われる。同時に足が払われ、床に転がった。

「お兄さん。金はそいつが払うから」

菊地が言いすてて、閉まりかけた自動ドアの隙間から走り去った。

「てめえ。汚いぞ。返せ！」

立ちあがってふたりの後を追おうとした真司の肩を、エプロンの店員がつかんだ。

「おいおい逃げるなよ。金を払ってくれ。おむすびは潰れてるし、菓子パンには指がつっこんであるし、売り物にならないよ」

真司の目の前に、買い物カゴが突き出された。

「はなしてください。おれはあいつらとは関係ないです」

「友だちなんだろ。あとで払ってもらえばいいじゃないか。俺はバイトなんだ。代金をいただかないと困るんだよ」

「おれが転ばされたの見てなかったんですか。あいつらおれをハメたんだ。そんな友だちいるわけないじゃないですか。そこの防犯ビデオを確認してくださいよ。カツアゲまでされたんだから」

真司は自動ドアの上にあるカメラを指さす。

「じゃあ警察で言ってよ。今、店長呼ぶから、カツアゲされたって警察に通報しよう。友だちだか知り合いだかわかんねえけど、うちも被害届出すから」

エプロンがスマホを掲げながら、濁った目で真司を見た。

警察は困る。オヤジに知られる。オヤジは自分のメンツが潰れると怒るだろう。あんなオヤジのメンツなどどうでもいいが、キレられては迷惑だ。バカにされるのもごめんだ。連中にいいようにされていることを知られたら、おれを見る目が変わってしまう。

「……いいよ。払う。いくらです？」

「いいの？　じゃあお願いな。五百十一円。食べ物だけでいいよ。残りのものは棚に戻してきて」

エプロンは、にやけた笑いをつけくわえる。

「そうだよな。お互い困るよな、警察は」

真司にはエプロンがどうして笑っているかわからなかったが、頓着する気になれなかった。商品の入ったレジ袋を鞄に押しこむ。腹立たしくてたまらない。やつあたりで声を高める。

「お兄さんが戻せばいいじゃない」

「ワンオペなんだよ。レジを空けられないんだ」

たくっ、とつぶやいて商品の入ったカゴを乱暴につかみ、真司は身体を転じた。すぐ後ろに人が立っていた。転校生の釘宮が、えくぼを浮かべている。

「富永くん、遅かったね。待ってたんだよ」

「待ってた？　なんのこと？」

「富永くんが電話してきたってママに聞いたんだけど。クラスのことで重大な話があるから来てくれって。だからママに連れてきてもらった」

「電話？　おれ、釘宮さんの番号知らないよ」

「家電のほうだよ。クラスの緊急連絡網に載せてもらったから、それを見たんじゃないの？」

「電話してないよ。それにうちの連絡網って、前後の数人しか知らせてないんじゃ――」

答えていた途中で釘宮がふいに目を見開き、真司の手元のカゴに視線を注いだ。真司もつられる。

発泡酒、二缶。漫画雑誌に隠れるようにして、煽情的なポーズをつけた全裸の女性、三冊。箱入りコンドーム、一個。

あいつら！　やりやがったな。釘宮を呼びだしたのも、あいつらの仕業だ。菊地、釘宮、連絡網の順じゃないか。

「……富永くんが知らないんなら、わたし帰るね。じゃあ」

ひきつったような顔で釘宮が笑った。足を引きずるように、あとじさりしている。

「こ、これも違う。このカゴ、菊地たちに押しつけられたんだ。おれは知らない。さっきの騒ぎ、見てなかったのか？　レジの人に訊いてくれよ。なあ」

真司が釘宮の右腕をつかんだ。

「きゃあっ」

短い悲鳴を上げ、釘宮が駆けだした。レジのエプロンが驚いてなにか言いかける。

「これ以上誤解しないでくれ。なんでもないんだから」

エプロンに声をかけ、カゴをカウンターに置き、真司は釘宮のあとを追った。釘宮は白い車に乗りこんでいた。隣の女性になにかを話して、こちらを見る。

釘宮だけでなく母親にも説明したほうがいいんじゃないかな。でもわかってもらえなかったら騒がれそうだ。どうしよう。

わずかな逡巡（しゅんじゅん）のせいで、真司は出遅れた。釘宮を乗せた車は発進した。追いかけなくては、と急いで駐輪場の自転車を取りに戻る。

——ない。

あたりを捜していると、道の向こう側から笑い声がした。菊地と早川が身体をぶつけ合いながら笑っていた。真司の自転車が足元に転がっている。

「ふざけんなよっ」

真司は走りよった。すかさず菊地が足を伸ばしてくる。勢いがついていた真司は転がった。脇腹を蹴られる。立ちあがったところに早川の拳だ。胸に入った。真司は早川の腰にしがみつき、片手で腰をつかんでもう一方の手で相手の腹を殴った。舌打ちが聞こえた。早川の膝が真司の顎を突き上げる。髪をつかまれ引き離された。背中から地面に倒れる。馬乗りになられ、頬を張られた。

「おい、顔はもうよせ。あんまりひどいとバレる」

菊地が止める声がした。早川が苛立ったように腿を何度も蹴ってくる。菊地が笑って、胸につま先を蹴りこんだ。

「そんなとこで寝てると風邪引くぞー」

笑い声を残し、ふたりは走って逃げていった。


帰りたくない。

真司は自転車を漕いでいた。右膝が、鈍くうずいている。

もっと痛くなればいいんだ。痛くてバラバラになって、壊れてしまえばいい。

自転車がふらついた。後ろから急きたてるクラクションの音がした。

鳴らせよ。もっと鳴らせ。音が身体を融かしてしまえばいい。

帰ってオヤジの顔を見るのが嫌だ。ガキみたいなオヤジの相手をするのが嫌だ。

俺は世間のみんなのために夜中まで働いてる。もっといたわれ。そんな顔だ。あの官舎も嫌だ。あそこに住んでいるのは警察の連中ばかりだ。周り中がオヤジの知りあいで、監視されているような気がする。息苦しくてたまらない。

自転車が軋んだ音を立てた。上り坂、下り坂の連続で、酷使されたパーツが悲鳴を上げている。

潮の香りがした。風が吹いている。海のそばまで来ていた。

「ばかやろーっ」

真司は叫んだ。

下り坂でブレーキから手を離した。タイヤが猛スピードで回転する。でこぼこした路面がふいに身体を持ち上げる。

飛んじまおうか。

はるか彼方（かなた）のカーブミラーに、車のライトが映った。無意識のうちに、真司はブレーキを握っていた。自転車が減速する。

いくじなしめ。

そう思ったとたんにバランスを崩した。倒れそうになるもこらえ、体勢を立てなおし、再びやってくる上り坂に向けてペダルを蹴りこむ。一度止まった身体のリズムは戻らない。頂上近くで息が上がり、自転車を降りた。

「ばっかやろ――っ」

再び叫んだ。涙が出た。真司は嗚咽（おえつ）を上げた。

海が呼んでいるような気がして、崖に近づく。

「……そういうセリフは、夕陽に向かって叫ぶんじゃないの」

声がした。常夜灯の向こう、道路をはさんでとんがり屋根が浮かんでいた。エプロンをつけた男性が家の表に立っている。

「ああ、脅かしてごめんね。外を掃除してたら音がしたから」

「すみません。うるさくして」

真司は頭を下げた。男性が道路を渡ってきた。

「いや、こっちこそ。キミ、中学生？　……その顔、どうしたんだい」

男性が、眼鏡の奥からじっと真司を見ていた。真司と真司の自転車を見くらべ、ハンドルをつかんだ。

「転んだのかな？　薬を、いやまず冷やしたほうがいいね。おいで」


オレンジ色の灯りがガラス扉の向こうに点いた。男性が内側から扉を開け、真司は店へと入る。ガラス扉には、白く曇った文字で店の名前が刻まれていた。カフェフォレスト。閉店時間を過ぎているせいか、カウンターの隅にパウチされたメニューが何枚も重ねられていた。

「派手に転んだね。痛いだろう。自転車が壊れなくてラッキーだったね。キミ、家はどのあたり？　ひとりで帰れる？　家の人に迎えにきてもらう？」

真司はかぶりを振った。

「帰れます。そんなにひどいですか？　痛いって気が、あまりしないんだけど」

「今、鏡を見せてあげる。でも、見たら痛くなるよ。知ってる？　人間って、自分の感覚よりも目で見たイメージのほうを信用するんだって。ひどい怪我(けが)だって知ったとたんに倒れる人、いるでしょう」

男性はこの店のマスターだそうだ。小澤と名乗り、厨房の引出しを片端から開けている。

「鏡、鏡……どこにしまったかな。ああ、それより冷やさないとね。保冷剤が冷凍庫にあるから」

真司は店のガラスに顔を映してみる。顔の輪郭が歪んで見えた。

小澤がタオルで巻いた保冷剤と鏡をカウンターに置いた。花の飾りがついた手鏡だ。

クリアな鏡面に映しだされた真司の顔は、膨れたり血がにじんだりしていた。小澤に言われた通り、怪我の状態を見た瞬間に痛みが襲ってきた。

「冷やすと腫(は)れが抑えられるよ。その間に他の傷を見よう」

小澤は救急箱を手に、カウンターを回りこんできた。

ずいぶん優しい話し方をするんだな、このおじさん。きっと気づいてるんだろう。転んだ怪我なんかじゃないってこと。

なにやってるんだろう、おれ。家に帰りたくないからって、こんなところで知らない人に世話になって、こんな顔さらして。カッコ悪いなあ。

すげえ、カッコ悪い。

「あの。おれ、トイレに」

にじむ涙を悟られるのが嫌で、真司はトイレに逃げた。

ドアを開けたとたんに気がついた。洗面台には大きな鏡がついていた。あるじゃん。鏡。どこにしまったもなにも、これが一番大きいのに。

苦笑する真司の手に、手鏡が握られたままだった。

頭の後ろも痛いと、後頭部を映す。

鏡が傾いた。小さく真司自身の顔が映る。

鏡の中に鏡があり、鏡の中の真司にまた真司の顔が連なっている。吸い込まれそうな気分だ。

ああ、合わせ鏡ってヤツだ。ノゾミくんを呼ぶときに使うんだよな。海のそばで合わせ鏡を作って、ノゾミくんに願いごとを唱えるんだ。

——やっぱり中学生レベルの話か。

父の言葉がよみがえった。

——たあいがなかろうがなんだろうが、頼りたいことがあるから頼るんじゃないか。困っているから、悩んでいるから、まじないに願うんだろ。

自らの、憤る気持ちがよみがえった。

そうだ。ここだって海のそばには違いない。

真司は重なっていく鏡を見つめた。鏡の奥で、なにかが揺らめいた。そんな気がした。

6　逸子

　夜、逸子がアパートに戻ると、部屋の外で克己が待っていた。

　五時間目の途中で日常は一変し、逸子も生徒たちも、切り離された時間の中にいるようだった。

　どうやら警察は自殺を前提にしているらしく、いじめやトラブルについて詳細に訊かれた。しかし思い当たるふしがない。今年のクラスは雰囲気がよく、たまには諍いも起きたが、尾を引くものはなかった。自分が見逃していたのかもしれないと振り返ってみるも、やはり思いつかない。生徒たちは毎年いくつかのグループに分かれるが、まじめ、派手、おとなしい、群れたがらない、といったカテゴリーにあてはめると、由夢は派手なほうだがおとなしいグループとも仲が良かった。いわば調整役だ。孤立の兆候は見えなかった。昨日は好意を持っている相手と両想いになったとはしゃいでいたほどだ。その相手と、なにかあったのだろうか。

　由夢の両親は逸子を責めたてた。娘が授業に出ないなどありえない、その時点で教職員総出で捜すのが当然ではないか、と。職員室では警察の取り調べとほぼ同じ質問をされた。一昨日の夜、海でのできごとも話すしかなかった。報告を怠ったと叱責されたが、それが原因だとは誰も言わなかったし、逸子もつながりを考えられない。ただ、美咲は執拗に、ノゾミくんが由夢を殺したと訴えていた。

ＰＴＡとマスコミへの対応は、教頭や鈴木が担っていた。へたなことを話されると困るので逸子には表に出てほしくない、むしろ帰ってくれと言われた。

「どうして来たの。美咲ちゃんのそばにいてあげなさい」

逸子がうながすも、克己は首を横に振る。

「調べたいんだ、ノゾミってヤツのことを。ひとりよりふたりのほうが効率がいいだろ」

美咲は医師の診察を受け、克己とともに家に戻り、今は処方された精神安定剤で眠っているという。母親が帰ってきたので託してきたそうだ。

「美咲はかなり怯えている。ノゾミが由夢ちゃんを殺しただなんて、オレだってありえないと思うよ。だけどあいつを落ち着かせるためには、ありえないと言える材料を揃えないと。ノゾミがどういうヤツかわからないままだと、納得もさせられないだろ」

——のぞみくんにころされる

美咲に聞いたメッセージが、逸子の頭にこびりついていた。

おまじないも伝説も人を殺したりなんてしない。だがそれ以上に、由夢が自殺をするなんて信じられない。なにがあったんだろう、なぜノゾミくんに殺されると思ったんだろう。

逸子はうなずいた。わからないなら調べるしかない。克己の言うとおり、ふたりのほうが効率がいい。

由夢がどこからノゾミくんの話を仕入れたのか、美咲は聞いていなかったらしい。ネットで噂になっている、ということしかわからないので、検索サイトを開く。

「うわ。すごい量が出てきた。こんなに流行ってたんだ……」

逸子のノートパソコンの画面に、「ノゾミくん」「都市伝説」という検索語句を反映したURLが続いている。

逸子が利用しているSNSは、もともと知っている相手とつながっているだけ。ウェブブラウザのブックマークも仕事関係と天文関係が中心だ。ノゾミくんの名前でこれほど多くの結果が出るとはと、驚くばかりだ。

克己が画面を覗きこんでくる。克己も、自分のタブレット端末を持ってきていた。

ノゾミくん。

海のそばで合わせ鏡を作って、その彼に願うという。逸子も克己も、その程度しか知らない。美咲も由夢から聞いただけだ。

逸子は液晶画面を見つめ、一番上に現れたサイトを開いた。「都市伝説の定義」という文章が最初のページに掲げられていた。

〈友人の友人、知り合いの知り合いが体験した話という枕で始まる、奇妙で不思議な話の数々を都市伝説と言います。口伝えで人から人へと広まり、いつしか誰もが、その伝説を耳にしているのです。話を知っている人は多いのに、実際に体験したという本人にたどり着けないのです。〉

インデックスと記されたページには、さまざまな都市伝説のタイトルが並んでいた。口裂け女。ミミズハンバーガー。膝の裏のフジツボ。死体洗いのアルバイト。逸子も耳にしたことのある噂話の列の最後に、目的の「ノゾミくんの伝説」があった。ＮＥＷと小さく文字がある。新しい噂ということなのだろう。

〈ノゾミくん、ノゾミくん、こっちにおいで。そう言って、海のそばで合わせ鏡を作って、鏡を覗き込みます。夜八時、重なった鏡の中に、ノゾミくんの姿が映ります。そこでノゾミくんに願いごとをします。何度も繰り返し唱えるのです。そうすれば、ノゾミくんが願いに応えてくれるのです。〉

「これが、克己くんが聞いた話だね？」

「うん。ただここには書かれてないけど、美咲は、ノゾミへの願いごとはひとつだけって言ってた。それを由夢ちゃんが破ったから、殺されたんじゃないかって」

逸子はさらにいくつかのサイトやＳＮＳを見ていった。思い思いの構成で都市伝説が掲載され、表現と内容が少しずつ違うノゾミくんの話が語られている。美咲が言っていたように、願いごとはひとつだけという説を載せたものがあった。願う時間についても、夜の一時台、昼の一時台など、諸説ある。

細かい部分は違うが、基本はどれも最初に見たサイトと同じだ。合わせ鏡を作り、ノゾミくんという名前のなにものかを呼んで願いごとをする。

なんだこれ、と克己がつぶやいた。

「こっち、見てくんない？　ここにもノゾミの話題が出てるんだけど、ちょっと気になるのがある」

克己がタブレットを渡してくる。巨大掲示板をまとめたもののようだ。さまざまな都市伝説が語られ、そのなかにノゾミくんの話題も出ていた。

「ここの発言。『おまえらあんまりノゾミを信用するな。俺の知り合いの友だちはひどい目にあった。ここでもみて、頭冷やせ』で、リンク先が載っている」

克己がＵＲＬをタップする。

ひとつの体験談が載せられていた。

〈友だちの友だちの話です。その子はノゾミくんに願って、恋が実りました。その子がお礼を言うと、ノゾミくんは言いました。君の願いをかなえた代わりに僕の願いにも応じてほしい。僕は病気で死んだんだ。腎臓が悪くて週に三日も病院に通っていた。僕はもう死んじゃったけど腎臓移植をすれば治ったそうだ。だから君の腎臓をくれないかと。その子はそんなこと怖いから嫌だと答えました。

しばらくしたら、もう一度ノゾミくんがやってきました。

ノゾミくんはこう言います。君がおばあさんになってからでいいんだ。今じゃなくていい。君の一生が終わるときでいいんだよと。その子はそれならいいかと思いました。おばあさんになるまでには五十年以上ある。死んじゃったら使わないものね、と。

その子はドナー登録をしました。たまたま駅でパンフレットを貰ったのです。

そして三日後。

その子は死にました。工事現場を通ったら鉄パイプが落ちてきて頭を打ったんです。脳死というそうです。その子の腎臓は誰かに貰われていきました。

その子のお母さんからあとで聞いた話です。工事現場では漂白剤も一緒に落ちてきたそうです。その子は漂白剤のせいで髪が真っ白になってしまったんです。まるでおばあさんのように。〉

「ノゾミくんに殺された、ってこと？」

逸子は克己を見る。

「オチまでついてて創作っぽいよな。鉄パイプはともかく漂白剤なんて工事現場から落ちるか?」

「『ノゾミくんに願いごとをした。願いが実現した』までは他と同じだね。でも、この話には『見返りを求められた』があるんだ。こういうの、この話だけなのかな」

克己が検索語句に「見返り」と追加した。逸子もならう。

先ほどの腎臓移植の話が数多く出てきた。投稿者は違うのに、コピーしたかのように同じ文章が並ぶ。

そんななかでも、毛色の違ったものがあった。

「この話、ひとりじゃなく、友人と一緒にノゾミを呼んでるな。あとでノゾミに見返りを求められて困った一方が、あっちへ行け、と友人に攻撃を逸らした。その後、指をさされた友人が死んだ、ってなってる」

「友人でもなんでもなく、ただ話を知っているだけの知人に跳ね返っていくというパターンまであるよ」

ふたりはさらにいくつもの検索結果を巡った。都市伝説、オカルト、占いなどをテーマとしたサイト。SNSの話題にそのまとめ。キュレーションサイト。掲示板。個人ブログ。きりがない。

知らぬ間に時間が経っていた。逸子はひとまずと情報をリストにまとめた。

ノゾミくんの話題は比較的新しい。ふたりが見つけることができたのは、四、五ヵ月前からだ。

伝説は、「ノゾミくんに願いをかなえてもらう」と、「ノゾミくんに願いをかなえてもらう。加えて、ノゾミくんの願いにも応じる」に大別された。それぞれが記された日付はバラバラで、どちらが先かはわからない。後者、ノゾミくんの願いにも応じるパターンの発展形として、「見返りを求められたが、拒否した結果、ノゾミくんに願った人間が死んだ」「友人または知人に攻撃を逸らした結果、指をさされた相手が死んだ」がある。

しかしノゾミくん自身の願いが書かれているものは少ない。

腎臓移植以外に、心臓移植、角膜移植などの医療ネタが散見された。ノゾミくんの設定は「病気で死んだ少年で、周りの人が自分に親切にしてくれたから恩返しがしたい、誰かの願いをかなえたいと思っていた」というものが多い。それに由来したものと推察される。

ノゾミくんに願う方法と場所は「合わせ鏡、海のそば」が多かったが、記されていないものもあった。願う時間は夜が多いものの、限定はできなかった。

「ったく、気持ちわるいなあ。ノゾミがそんな厄介な存在なら、美咲を止めてたのに」

克己がタブレットで自らの頭を叩いた。その気持ちは逸子も同じだ。だけど。

「落ち着いて、克己くん。本気でそう思う？　ただの都市伝説だよ。人を殺す力なんてないよ」

　克己が苦笑した。

「いやもちろん、ノゾミに殺されたって信じてるわけじゃないって。けどこう、いっぺんに大量の情報に触れると、本当のような気分になっちゃうんだな」

「情報に毒されるんだよね、わかるよ。自分で自分を呪うことになっちゃう。菅野さんもそうだったのかもしれない」

「自分で自分を追い詰めてたんだろうな」

「でも、菅野さんも美咲ちゃんと同じように、ノゾミくんの伝説に怖い話がくっついている、ってことは知らなかったよね。なのにどうして、『のぞみくんにころされる』って考えたんだろう。自分を襲った……襲った誰かがいたとして、どうしてその誰かをノゾミくんだと思ったのかな」

　それとも誰かがそれを、利用したんだろうか。

「誰かって、……誰？」

「わからない。どのクラスの子も、教室か体育館、保健室にいたはずなの。あとは教職員で、アリバイのない人は警察が調べてる。そうはいっても教頭先生やほかの学年の先生だから、菅野さんとは直接つながりがない」

　ふう、と逸子は息をつく。

「克己くんも美咲ちゃんたちと一緒に願いごとをしたんだよね。なにを願ったの？」

「えーと。あー、……世界平和。だからまだ実現してない」

「はあ？」

「いやあの、シャレよ、シャレ。ノゾミの伝説なんて、オレ、信じらんないし。けど、隣で美咲たちは騒いでるだろ。こんな嘘になにマジになってんだと思って。どうせ嘘なら、めちゃめちゃかっこいいコト言ってやろーかと」

「それが、世界平和？　なんなのそれ」

「まあ、いいじゃん」

克己が目を細めた。口元がにやけている。

「……それも嘘なの？」

「どうでもいいじゃん、オレの願いなんて。……そんなことより、もうちょっと積極的に動こう」

「積極的？」

「連絡先を載せているサイトやSNSにメールやメッセージを送るんだよ。ノゾミについて、なにか他に知ってることはないかってさ」

ふたりで新しくSNSのアカウントを作った。リスク対策としてフリーメールもネットで取得した。ノゾミくんの話題が出ていたSNSのアカウントに呼びかけ、都市伝説サイトの運営者にメールを送る。

逸子のパソコンが鳴った。逸子自身のメールソフトが新着メールを告げる。

「天文台、ってなに？」

　克己が覗きこんでいた。

「これはわたし個人のメールだよ。見ないで」

「タイトルを見ただけだよ。けど、臨時職員ってなに？」

　見つめる克己が眩しくて、逸子はうつむく。しかしすぐに顔をあげた。語り出す。

「大学の研究室の先輩に天文台に勤めている人がいて、欠員が出たって連絡が来たの。お給料は良くないけどどうだろうって。わたしが学生のころから志望していたことを知っている人だったから。ただ、返事は待ってもらっていて」

「……そう。見なよメール」

　克己の声に抑揚がなかった。

　もっと早く伝えておけばよかった。逸子はマウスを動かす。自分の気持ちが定まってからと思っていたのだけど。そう思いながら、

「……特に、なんてことのないメールだった。条件とかの」

「大切だろ、条件。給料は大事じゃん」

「克己くん。怒ってる？」

「なぜオレが怒るんだよ」

「だってようすが」

「やりたい仕事なんだろ。逸子先生、そっちが専門だったじゃん。よかったじゃな

い」

「こんな時期に話が来るなんて思わなかったんだよ。これから受験で、大事な時なのに、ごめんね。でもそばについていたいって気持ちもあって」

「なにを謝ってるの。オレのそばに、なんて考えなくていいんじゃない？」

「それどういう意味？」

「どうもこうも単純に、考慮に入れなくていい、それだけ」

それだけって、わたしはいてもいなくても同じなの？

「わたしが伝えなかったから、不機嫌なの？」

「別に機嫌悪くなんてないけど」

「克――」

「じゃあどうして」

ふたりの声が重なる。克己に譲った。

「……じゃあどうして、相談してくれなかったわけ？」

「それは……、自分で決めたかったから。まだ迷ってるの。考えてる最中なの。反対されても行くかもしれないから、自分だけで決めたいと思った」

「なにを迷う必要があるんだよ！」

克己が大声を出す。

「オレは誰かについててもらわなきゃいけないような子供じゃない。そんな理由で反対するような子供じゃない。そんなにガキに見えてるのかよ、逸子先生には」

「ついていなきゃなんて思ってないよ。わたしが克己くんと一緒にいたいってこと」

「それとこれは別だろ。やりたいことがあるなら諦める必要なんてないじゃん」

「……でも、年度の途中で辞めるのは無責任だし」

「あっちの仕事がよかった、なんて思いながら教えるほうがよっぽど無責任だろ。逸子先生はオレに、もっと真剣に自分の就きたい職業や将来性を考えてって言ったよな。木村先輩の進路でもめたときも、先輩にとことん考えさせてた。なのになんで自分は、そこを貫かないんだよ」

「それは」

「オレは後押しをするよ。オレはまだやりたいことさえ見つかってないし、頼りないかもしれないけど。でも、オレはそんなに子供じゃない」

「ごめん」

「って、だからそこで謝るなよ。謝るってことは子供扱いをしていたと認めることだぜ？」

　克己が席を立った。

「……悪ぃ。今日、帰るわ。これ以上調べても、頭がこんがらがりそうだ」

「待って、克己くん」

　克己が手早く自分の荷物を片づけ、アパートの扉を開けた。逸子は追いかける。

「子供扱いしてたつもりなんてないよ！」

逸子は叫んだ。戸外の空気は生暖かく、淀んでいる。

「木村くんのことで、克己くんに助けられたんだよ。気持ちが救われた。だから今度はわたしが克己くんの役に立ちたい。それだけなの。なにもできずに離れるのは嫌だから」

「離れてもおしまいにするつもりなんて、オレ、ないのに」

克己が振り返らずに言った。

「それはわたしだって……」

本当にそうだろうか。離れたら終わってしまうという気持ちが、決断を迷わせていたのでは。年齢の差、秘密の関係、そんな抑圧が克己の恋情をかきたてているのかもと、どこかでそう思っていたんじゃないだろうか。

次の言葉が出てこない。

克己がやっと振り返った。なぜか笑っている。

「逸子先生の願いが実現しますようにって」

「え？」

「そう頼んだ。ノゾミの野郎に。オレ自身のことは、まだやりたいことが決めきれなくて、自分でもわかんないから。……オレ、逸子先生の夢を知ってるよ。前から言ってたじゃん。子供のころから天文の仕事がしたかったって。死んだお父さんにプラネタリウムに連れていってもらって以来、夢中だったたって。だからまじ、反対するわけないじゃん」

「克己くん……」

「誤解しないでよ。怒って帰るわけじゃない。興奮してごめん。けどオレ、これ以上いるとガキな自分をさらけ出しそうで嫌なんだ。そういうところがガキなんだけどさ。おやすみ」

克己が自転車に飛び乗った。走り去っていく。逸子は引き止めることができなかった。

第四章　木曜日

1　美咲

「由夢に会いにいく」

美咲は、二階にある美咲自身の部屋でタブレット端末を眺めている克己に告げた。由夢の死を受け、今日は臨時休校だ。会社を休めない両親から自分を託されたのか、克己は隣の自室に戻らず、朝からずっと美咲の部屋にいた。

「なに言っているんだ。昨夜からなにも食べていないだろ。まずメシを食えよ」

克己が勉強机に置かれた盆を指さす。チーズケーキとココア、そしてバナナ。美咲が好きなものばかりだ。だけど食欲がない。

「食べたくない。由夢に会う」

「落ち着けよ。会うって言ったって、今、由夢ちゃんの遺体が自宅にあるかどうかもわからないだろ？　葬儀の連絡が来るまで——」

美咲は持っていた鞄で、克己を強く叩いた。

「遺体なんて言わないで。葬儀なんて言わないで！」

「……ごめん」

「だって由夢に訊くしかないじゃない。本当にノゾミくんに殺されたの？　由夢になにがあったの？」

　美咲は床に座りこむ。

「美咲、由夢ちゃんは答えてはくれないよ」

　克己が美咲の正面に膝をついた。

「答えならオレが調べるから。とりあえず今わかってる話はしたよな。ノゾミの伝説には、ふたつパターンがあったって。美咲が聞いた話のほかに、ノゾミの願いにも応じなきゃいけないというのがあるんだ」

「それだけじゃわからない。ノゾミくんの願いってなに？」

「それはこれから調べる。今も調べてる」

「由夢はそれを果たさなかったから殺されたの？　……ねえ、あたしも殺される？あたしの願いがかなったら。ノゾミくんの願いなんてわからないのに」

「美咲。伝説に人を殺す力なんてない。殺されるという恐怖が自分を追い詰めているだけだ」

「自分を追い詰めてる？」

「そう、逸子先生も言ってた。それが自分への呪いになってしまったんじゃないかって」

　美咲は克己の顔を見つめた。

得意げに鼻の穴を広げて語る、兄の顔を。

「どうしてそこに逸子先生が出てくるの？」

それを聞いた克己の表情が、動かなくなる。

「……美咲を心配したからだよ。一緒に調べてくれたんだよ」

「一緒って」

「ひとりで調べるよりふたりのほうが効率がいいだろ。相談もできるしアイディアも生まれる」

美咲は鞄をつかみ、立ちあがった。克己を睨みつける。

「あたしがショックを受けてふらふらになってるときに、お兄ちゃんは逸子先生とデート？　なにそれ。信じられない」

「デートじゃない。調査だ」

「どこで調べてたの？　図書館？　ううん、図書館だったら人に見られちゃう。ふたりきりになれるとこだよね。あたしが苦しんでるのに、お兄ちゃんと逸子先生はいちゃついてたってこと？」

「違うって。おまえのために必死で調べてた」

「だったら最初から、ふたりで調べてたって言えばいいじゃない。なぜ言わなかったの？　どうして逸子先生の名前を出したとき、しまった、って顔をしたの？」

「それはおまえが傷つくと――」

「傷つくよ！」

美咲は克己を押した。克己が背中からベッドへと倒れる。美咲は扉を開けて廊下へ出た。克己は一歩遅れる。

「どこに行くんだ！」

「だから由夢のとこ！」

「もういないんだぞ！」

伸ばしてくる克己の手を払おうと、美咲は身体をひねる。と、足が滑った。廊下の先には階段。そこへ向けて、倒れこんでいく。

壁。壁に手をつかなきゃ。身体を止めなきゃ。早く。早く。――届かない。

目の前のものがさかさまになった。

「美咲！」

自分を呼ぶ、克己の声がする。

2　逸子

その連絡を受けたとき、逸子は職員室にいた。臨時休校中でも教師には仕事がある。ちょうど生徒の精神面のケアについて会議をしていた。

「遠山先生のクラスの生徒が救急車で運ばれてきたと、木村総合病院から連絡がありました」

事務員の声に、職員室の空気が凍る。

「生徒の名前は？」

「古滝さんと言ってました」

美咲だ。

沈黙から一転、職員室がざわめく。

こんなに早く？　まだノゾミくんのことを調べきれていない。

逸子の頭に最初に浮かんだのがそれだった。自分が考えたことの意味を理解して、逸子は愕然（がくぜん）とする。

これじゃまるで、ノゾミくんの伝説を信じてるみたいじゃない。ありえないとあれだけ思っていたのに、わたしも自分で自分に呪いをかけている。

「ＰＴＳＤですかね。どうしましょう、古滝は昨日パニックを起こしていた子ですよね」

教頭が確認する。主任の鈴木が誰ともなく訊ねる。

「誰か病院に行ったほうがいいんじゃないですか」

「養護教諭の――」

「いや、彼女には生徒全体のケアをしてもらわないと。会議から外れられては困る」

口々に出てくる言葉に、逸子は手をあげた。

「わたしが行きます。いいですよね」

鈴木が渋い顔をしながらもうなずいた。

すみません続きが、と事務員が声をあげる。

「あの、古滝さんは自宅での事故だそうです。階段から落ちたようだと」

逸子が木村総合病院の受付で美咲の名前を出して訊ねると、しばしの混乱があった。

困惑の表情を浮かべた相手が、手術中の古滝さんのことですねと確認してくる。

「手術？　そんなにひどい状況なんですか？」

「こちらでは詳しいことはわかりかねます。三階が手術室のフロアです。関係者の方には、そのフロアの待合室で控えていただくことになっていますのでそちらにお願いします」

エレベータを降りて案内表示に従って進むと、柔らかなピンク色で統一された待合室があった。長く待つことも想定しているのだろう、ソファやテーブルセットが並び、飲料の自販機まである。それなりに広かったが、その場にいるのはひとりだけだった。

「……美咲ちゃん？」

ソファに腰かけて肩を落とし、身体にめりこむほど頭を下げている小柄な少女は、たしかに美咲だった。肘と膝に包帯を巻いている。

「手術中って聞いたけど、もう終わったの？」

逸子の声にのろのろと頭を上げた美咲は、首をゆっくりと横に振る。その顔は、涙と鼻水で覆われていた。

「……お兄ちゃん……」

「え？」

「お兄ちゃん、あたしを助けて……。足を滑らせたあたしを抱くように頭から階段を落ちてったの。あたしをかばって……」

「……克己く……古滝くんが？」

逸子は周囲を確認した。ナースステーションが見える。そちらに足を向けた。

「無駄だよ。わからないとしか教えてくれない」

美咲が背後から声をかけてきた。

「終わるまで待ってなさいって、あたしも言われた」

手術室と書かれた奥の扉を未練がましく眺めたあと、逸子は力なく美咲の隣に腰を下ろす。

「どうしてこんなことに……」

思わずつぶやいた言葉に、美咲がしゃくりあげるような声を出す。

「あたしが……、あたしが……」

嘆いてはいけない。責めてしまうことになる。逸子は唇を噛んだ。

「なにかしてほしいことある？　古滝くんはきっとだいじょうぶだよ。バスケ部のハードな練習を切り抜けてきたんだもん。わたしたちは信じて待とう」

美咲が複雑そうな表情で見てくる。

そのとき逸子の鞄が震えた。スマホのバイブレーションだ。逸子は立ちあがる。

「そこの隅っこのスペース、電話、いいみたいだよ。……あたしもお母さんにした。……お母さん、まだかな。早く来てほしいのに……」

美咲の気弱な声に立ち去りがたく、通話ができる他の場所を探す間に切れそうでもあり、逸子は窓際に立った。遠く、海が見える。

「遠山さん？　僕だけど。メール読んだよ」

電話をかけてきたのは天文台の仕事を紹介してくれた先輩だった。はい、とだけ短く答えた逸子に、早口で続ける。

「たしかに遠山さんには生徒を預かっている責任があるよね。そこを配慮せず、こっちの都合を押しつけてすまなかった。遠山さんが迷っているのはそこだよね。希望は年度末、それなら来てくれるんだよね」

「はい、そうです。年度末で」

昨夜、克己が帰ってから、逸子は正直な気持ちを綴ったメールを先輩に送った。

今関わっている生徒を送りだしたい、それでは遅いということなら次のチャンスを待つ。そういった内容だ。……断られるなら仕方がない、その覚悟ができないでいたとわかった。

自分にとって大事なものはなにか。夢も大事だが、関わっている生徒も大事だ。どちらも譲れない。そしてなによりも、克己。

克己に背中を押された。

大事なものを手放さずに夢を実現できる道はないか、交渉していこう。怖くて踏み出せなかった一歩を、踏み出そう。その勇気を持とうと。

電話は続いている。

「上司にも相談した。すぐ来てほしいのはやまやまだけど、熱意と実力のある人を雇いたい気持ちもある。だから面接させてほしい。ＯＫとなったら、年度末までは派遣社員でなんとかする。面接は夏休みでいい？　ポイントは熱意だよ。がっつり主張するんだ」

「それはわたしの希望を、受け入れてもらえる……、ってことですか」

「そうだよ。遠山さんなら絶対だいじょうぶ。おめでとう。夢が現実になったな」

……夢が現実になった？

嬉しさとともに、不安が押しよせてきた。

「ありがとうございます。また連絡します」

礼を言って通話を終えたものの、逸子の頭の中で渦を巻く言葉があった。

——逸子先生の願いが実現しますようにって。

別れぎわの克己の言葉。それは、克己の願いごとが聞き届けられたってことだろうか。

けれどこれはわたしが行くか留まるかの決断があって前に進むことで、ノゾミくんとは関係ない。

ただ、克己が願いをかけたことは事実……

ノゾミくんに願った由夢が、死んだ。ノゾミくんに願った克己が、怪我をして。

そんなのただの偶然だ。……偶然。

「逸子先生」

美咲の訊ねる声がした。

「今の話、なに？　希望を受け入れてもらえるってどういうこと？」

「……なんでもない。仕事の話だよ」

「本当に？　……もしかして逸子先生もノゾミくんに願いごとをしたの？」

「してないよ。わたしの話は、ノゾミくんとは関係ない。ずっと以前からの話だから」

「だけど」

そのとき奥の扉が開いた。手術着姿の男性が逸子たちを見てくる。

「古滝さんのご家族ですか？」

「家族はあたしだけです。お母さんたちはまだ」

美咲が答える。男性が逸子に視線を向けた。

「……教師です。古滝克己さんと美咲さん、ふたりが通っている高校の」

頓着するようすを見せず、男性は話しだした。

「右鎖骨の骨折にはプレートを入れて固定しています。こちらはまず問題ないと見ていいでしょう。ただ頭蓋(ずがい)内に出血があって、脳を圧迫していました。手術は行いましたが意識が戻らないと状態はわかりません。ＩＣＵで管理していきます」

事務手続きなどはスタッフが説明に来ますと、男性は扉の内側へ戻ろうとする。

「待って。先生待って。お兄ちゃん、どうなるんですか。もとに戻るんですか！」

男性が、困ったように逸子を見る。

「詳しい話は保護者の方に差しあげたほうがいいですね。時間が経たないとわからないこともありますので」

では、と今度こそ男性は戻っていく。入れ違いに看護師がやってきて、美咲をソファに座らせてなだめている。よろしくとばかりに逸子に目をやった。

「ＩＣＵは五階なのでそちらに行けばわかるようにしておきますが、いろいろ整えますので少しお時間がかかります。一度、外の空気を吸っていらしてください」

いったん連れだして落ち着かせるように、そういうことだろう。

逸子は、病院の入り口脇にカフェチェーン店が入っていたことを思いだした。なにか飲もうと美咲を誘う。美咲がのろのろと立ちあがる。

エレベータのなかで、美咲がなにかつぶやいた。逸子が訊ねても、返事をしない。一階まで降りたあと、また、ぼそりとつぶやく。

「……あたしのせいなの」

「古滝さん、そんなこと考えないほうがいいよ」

「違うの！　あたしのせいなの。あたしが……願ったから！」

「なんのこと？　古滝さん、落ち着いて」

「あたしが願った。……あたしが、ノゾミくんにお願いした。お兄ちゃんが……、お兄ちゃんがあたしに内緒でカノジョを作ったみたいだから、……だから、……お兄ちゃんのカノジョを不幸にしてって。苦しめてくれって、言った」

「苦しめる？」

「お兄ちゃんが、カレシが怪我したら、……そうだよね、苦しめることになるよね。でも、そんなのってないよ。あんまりだよ。どうしてそうなるの？　ねえ、カノジョって逸子先生なんだよね？　昨夜(ゆうべ)もお兄ちゃんと一緒にいたんでしょ？」

美咲が強く腕をつかんできた。険しい目で逸子を睨みつける。

「古滝さ……美咲ちゃん」

「ああああああああああああああっ！」

突然、美咲が叫んだ。よろよろと歩く病人のいるなか、出入り口を目指して駆ける。好奇と非難の視線が集まったが、美咲は止まらない。逸子は走るに走れず、速足でついていく。

「なんでお兄ちゃんなのよ！」

病院の外、アプローチ部分まで出てから、美咲が鞄を足元に叩きつけた。中を探り、なにか出している。追いついた逸子に見えたのは鏡。手鏡とコンパクトの二枚だ。

「ちょっと、ノゾミ！　聞こえてる？　聞こえてるよね！」

美咲が合わせ鏡を作っていた。

「人の話は正確に聞きなさいよっ。あたしが望んだのはお兄ちゃんのカノジョを苦しめることで、お兄ちゃんを苦しめることじゃないの！　だから――」

すう、はあ、すう、はあ、すううう。

美咲が不審な息遣いをはじめた。

「あ……、苦し……、苦しいよ。……痛いっ」

美咲がうずくまった。逸子は美咲を抱きかかえる。と、脇腹に肘を入れられた。もう一度手を伸ばすと、突き飛ばされた。逸子は尻餅をついてしまう。

「誰かいる。誰かがあたしの中に。頭の中をかき回して。……あっ、あっ。……ノゾミの」

美咲が、潰れかけた喉から無理に絞りだしたような声を漏らす。

「み、美咲ちゃん？」

「……ノゾミの。たー、たすー、けー。……ノゾミの約束」

美咲が寝転がった。指で自分の喉をかきむしり、ごろごろと暴れる。

「……ノゾミ、……の約束、……果たしたのか」

案内役なのか守衛なのか、入り口脇に立っていた男性が走ってきた。だいじょうぶですか、と訊ねたが、美咲は足をばたつかせて近寄らせない。

「出ー、てー、ってー。……の約束、いー、いー、たー、いー。……ノゾミ。はなー、はなしー」

逸子は美咲の肩を押さえた。脇にいた男性が腕を取る。病院の中から白衣の女性が出てくる。

美咲の身体が跳ねた。

なにが起こっているんだろう。わたしはなにを見ているんだろう。

逸子は困惑しながらも、必死で美咲を押さえる。

3　暢章

能美静香の件も本多アサミの件も、一進一退といった状況だ。

本多の爪の間からは、本人の皮膚片と血液しか検出されなかった。誰かに襲われたという筋は消えたのだ。

一方、能美のスクーターから本多の指紋が出た。ヘッドライト付近にも付着していたので、傷をつけたのは本多で間違いないだろう。事故を誘発したのは本多だ。

また、ふたりのトラブルが新たに掘り起こされた。

一ヵ月ほど前、能美はあるカフェチェーン店のケーキをみんなで購入しようと社内で持ちかけていた。本多はそれを問題視し、強く非難した。

きっかけはSNSに、とある「お願い」が載ったことだという。

桁数を誤ってケーキを大量に入荷してしまって困っています、どうか買いにきてください、そんなお願いだ。暢章はSNSをやっていないのでピンとこないが、詳しい山本によると、似たような投稿がたまにSNSに出るそうだ。コンビニで誤って多くの商品を仕入れてしまった、飲食店で急なキャンセルが発生して食材が余っている、などを見かけるという。いまどきはSNSでSOSを出すのかと暢章がつぶやくと、それはオヤジギャグのつもりですかと山本は笑った。

能美の呼びかけに、本多は社内で営業や勧誘をするのは服務規程違反だと噛みついた。能美にいい顔をさせたくなくて嫌がらせをしたのでは、と同僚たちは言う。能美になにか利益が発生するとは思えないし、周囲にも「人助け」だと訴えていたそうだが、実際のところはわからない。念のため、本当に裏がないか確かめにいく。だが能美とそのカフェチェーン店との間に関連があったとしても、どうふたりの死に結びつくのだろう。

「木村総合病院一階のカフェですよね。病院に入ってるカフェチェーン店ってどこが運営してるんでしょう。コンビニもカフェも、直営だったりフランチャイズだったり、店によっていろいろですよね」

山本が訊ねてくる。暢章にもわからない。

「さあ。しかし会社のそばってわけでもないのに、物好きな女だな」

「能美は善行の種を探していたって、運転手さんたちが言ってましたよね。ケーキの購入もその一種なんでしょうか」

「善行の種ねえ」

そうしてやってきた病院では、入り口前がなにやら騒がしい。近寄ると、少女が寝転がって暴れていた。大人が三人がかりで押さえているが、弾きとばされそうだ。

「美咲ちゃん。美咲ちゃん、しっかりして」

二十代後半ほどのスーツの女性が、頭の側から上半身にかぶさっていた。残りのふたりは病院の職員のようだ。警備らしき男性が手をつかみ、白衣の女性が足を持つ。

「うああ。ごぉ。げこぉ」

美咲と呼ばれた少女は、恐ろしげにうめいている。

「息が苦しいの？　ゆっくり、ゆっくりと吸って、吐いて」

女性が、美咲に呼びかけた。美咲がのけぞって女性を弾きとばす。よろけた女性が暢章にぶつかった。暢章は山本に荷物を渡し、女性に代わって美咲の肩を押さえた。

「この子はどうしたんだ。なにかの発作か？」

女性は返事に困っている。と、柔道で鍛えている暢章も驚くほどの力で、美咲が肩を持ちあげようとする。

なんなんだ、この子は。細い身体のどこに、こんな力を持っているんだ。

「ノー、ゾー、ミー。……おまえ。……果たし。ノー、ゾミー、くー、るー、しー」

暢章は耳を疑った。

ノゾミだと？

女性が美咲の顔を覗きこむ。美咲がすがるように女性を凝視する。暢章も同じく目を見た。

病気ではないのか？　うめいていたときは目の焦点が合っていないように思えた。しかし今は目の前の女性を見ている。

「美咲ちゃん、聞こえてる？」

女性がゆっくりと大きな声で呼びかけている。

「いー、いー、つー、こー。せんー。……ノゾミ。たすー、けー。……約束。……果た。……した。……か」

「約束ってなに？　なにがノゾミくんの願いなの？　なにを要求されたの？」

暢章は美咲を押さえながらもふたりを観察する。美咲の頭が激しく揺れた。なにかを出したいのか、喉を震わせ、いくども咳をしている。

「ねえ、もしかしてそこにいるの？　ノゾミくんが、美咲ちゃんの中にいるの？」

暢章は女性に目を向けた。こいつはなにを言ってるんだ。中にいるっていうのは、取り憑いてるってことか？

「……ノゾミ。いー、いー、たー、いー。……ノゾミ。はなー、はなしー」

「か、係長。僕になにかできること……」

背後から山本が呼びかけてきた。そう言われてもわからない。

「……約束、……ノゾミ。わー、かー、らー、……約束。かー、らー、なー、いー」

「あなたノゾミくんなの？　はっきり言って。なにが望みなの？　なにが願い？」

「……誰か。たー、たー、すけー。……ノゾミ……」

美咲の身体がまた跳ねた。目は見開かれ、口からは涎を垂れ流している。

暢章は美咲の肩を左手でつかみ、右手の拳をみぞおちに入れた。

美咲の力が抜けた。口がぽっかりと開く。気を失ったのだ。

「なにするんですかっ」

女性が暢章を睨んできた。

「それはこちらのセリフだ。この子はひきつってたぞ。これ以上しゃべらせると息が止まるかもしれない」

暢章は美咲の頸動脈に指を当てた。

「山本、水だ。ペットボトルかなにか買ってこい」

山本が勢いよく入り口脇の自販機へと走り、すぐに戻ってきた。暢章は受け取ったペットボトルの中身を、美咲の顔に一気にかける。

肩を揺らした美咲が、突然、大きく咳きこんだ。横を向き、身体の内側にあるものをすべて吐きだすかのように激しく咳いている。収まったころに、ゆっくりと顔を上げた。

「……逸子先生」

弱い声だった。

「美咲ちゃん、あなた、さっき……」

「あたし、突然、息ができなくなって、それで頭の中に、頭の中に、ノゾミくんが……」

美咲が震える。

「だいじょうぶ。もう、いつもの美咲ちゃんだよ」

「だけど、だって……、あたし、今」

怯える美咲の背中を撫でながら、逸子先生と呼ばれた女性が慰めていた。だいじょうぶ、だいじょうぶ、と繰り返している。暢章は警察手帳を見せた。

「私は富永暢章と言います。ちょっと話を聞かせていただきたい。きみたちふたりはどこの誰なんですか」

ふたりが顔を見合わせた。逸子先生が口を開く。

「この子に診察を受けさせたいんですが」

「すぐ済みますよ。さっきノゾミがどうとか言ってたじゃないですか。昨日、近くの高校で転落死がありましてね。そのノゾミというのに殺されると言っていたらしい。今のは、なんなんです？」

ふたりが再度、顔を見合わせている。美咲が暢章の視線を避けるようにうつむき、逸子先生が美咲を庇うように前に出る。

「わたしはその津久勢高校の教師で、遠山逸子と申します。昨日、警察の別の方にもお答えしましたが、その転落した菅野由夢の担任です。この子は古滝美咲といってクラスメイトですが、兄が怪我をしてこちらの病院に運ばれ、精神的に不安定な状態です。菅野さんの話は昨日、古滝さんからもしております。今日はご遠慮いただけないでしょうか」

古滝美咲。その名前を暢章は思いだした。

死んだ菅野由夢が最後にＬＩＮＥのやりとりをしたクラスメイト、親友だ。ノゾミを怒らせたんじゃないかと言っていたらしい。

「今のはＰＴＳＤの一種じゃないかと思うんですがね。つまり強度の精神的ストレス、パニックを起こしたのかと」

「だからこそ診察を……」

逸子先生――遠山が答えた。暢章は苦笑する。

「さっきのようすからは、遠山さん、あなた自身もそのノゾミってのを信じてるかのように見えたんですが。……ああ、その都市伝説の解説は不要です」

「ノゾミくんを信じているわけじゃありません。けれど生徒のことは信じています。菅野さんも古滝さんも本気でノゾミくんがいると思っています。だからパニックを起こし、怯えるんです。……それが幻だとしても、その正体がわからないと彼女たちの怯えを消すことはできません」

遠山がきっぱりした声で答える。

「幻だとしてもなにも、幻に決まってるじゃないですか。あなたねえ、教師のくせにあのバカＯＬたちみたいなこと言わないでもらいたい。事件がおおげさになる」

暢章は苛ついた。自分が無駄に苛ついていることに気づき、なおげんなりする。

みんなが寄ってたかって、その怪しげなノゾミってやつの話をする。高校生はともかく、ほかはみないい歳をした大人じゃないか。いや高校生だって、中学生の真司より大人なのに。

「バカＯＬってどなたですか？」

「なんでもない。失言でした。申し訳ない。あなたのことじゃないので忘れてください」

放っておこう。菅野由夢の件は俺の担当じゃない。俺は能美のことでカフェに確認をしにきただけだ。

「いるよ。……ノゾミくんは」

美咲がか細い声で言った。

「さっき、入ってきた。頭の中に。あたしを乗っ取ろうとした。あたしを支配しようとした」

暢章は美咲に笑いかける。からかうような気分が生まれた。

「それは驚いただろうね。ノゾミってのは、なにをせずとも突然入ってくるのかな？」

「鏡……。合わせ鏡で呼んだ。言いたいことがあって」

美咲が悔しそうな表情をする。

「そのノゾミくんとの会話は成立するのかな？　それともしないの？」

「……聞いてくれない。一方的に考えを押しつけてきて、苦しくて、苦しくて」

「なるほど。あんなに暴れたらきみだって辛かっただろう。で、どんな考えを押しつけてきたのかな」

「約束を果たしたのかって訊ねてきた。その約束がなにかわからないから、そのまわからないって答えた。……でも」

「でも？」

遠山が口を挟んでくる。

「ノゾミくんの約束を果たしたか、何度も訊ねてくる。……あたし。……どうしよう。ノゾミくんの約束なんてわからない。あたし、殺される。由夢みたいに、ノゾミくんに殺される」

泣きだす美咲の肩を、遠山がさすっている。

「約束ねえ」

そういえばあの本多も言っていたな。ノゾミくんとの約束は果たしているのか、願いをかなえてもらう見返りにノゾミくんの願いに応じなきゃいけない、などと能美から責められたと。ノゾミってやつには、そんなルールがあるのか？

……なにを考えてるんだ、俺は。こいつらのくだらない話に乗せられてどうする。

「古滝さんだっけ。時間をもらって悪かったね。お医者さんに診てもらって落ち着くことだ。ノゾミなんてのはいない。先生のほうも冷静にな」

暢章はふたりに背を向けた。山本を伴い、病院へと入っていく。

湿った空気の中、潮の香りが漂っている。

4　早川

「これ、戦利品」

早川敏生（としお）は、菊地がテーブルに滑らせた手帳に目をやった。自分たちの中学校の生徒手帳だ。なにが戦利品なんだと首を傾げると、菊地は表紙をめくった。二年B組、富永真司。濃い眉の少年が、ページの内からふたりを見ている。

「盗ってきたのかよ」

「人聞きの悪いことを言うな。借りてきただけだ。鞄の中からな」

菊地が口を歪めて笑った。

駅前のハンバーガーショップには雑多な学生服が集まっていた。油のにおいが鼻をつく。

「栄町（さかえまち）のリサイクルショップで、こいつを使って商売しようと思ってさ」

氷が溶けて薄くなったコーラを、菊地が音を立ててすする。

「商売?」

「あいうところで品物を売るには、身分証明書が必要になるらしいぜ。このあいだ万引してきたＤＶＤや本を売れば金になるだろ。だけど自分の生徒手帳は出せない。だからこいつに代わってもらうわけ」

菊地が爪の先で真司の写真を弾いた。

「どうせならもっと儲かるブツにも手を出したいよな。倉庫に忍びこむとか」

「アテはあるのかよ。倉庫なんてフツー、鍵がかかってるんじゃねえの？」

早川は肩をすくめる。

「ばーか。これから調べるんだよ。アテがあったら、とっくにやってるだろ」

菊地の肘がハンバーガーの包み紙に当たった。乱雑に丸めた紙がテーブルから床へと落ちる。菊地は通路へと蹴った。

「問題は写真だな。どっちが富永のふりをする？　オレもおまえも、あんま似てないし」

「俺たちの写真を貼ればいいだろ」

「おまえ、本当にバカだな。コピーを取られたらどうするんだよ」

菊地が呆れ顔で言う。

そんなにバカバカ言うなよ。いくらおまえでもムカつくんだよ。

そうは思ったが、口には出さなかった。代わりとばかりに、早川はハンバーガーの載っていたトレイをダストボックスめがけて投げる。トレイは大きく外れて派手な音を立てた。女性の店員が近づいてきたが、睨みつけてやるとなにも言わずに去った。

「兄貴のパソコンで合成写真を作ってやろうか。おまえの顔にも富永の顔にも見えるようなのをさ。それならどうだ？」

「まじかよ。そんなテク、早川が持ってるとはな」

「軽いね。いまどき一発だよ」

菊地の驚いた顔に自尊心をくすぐられ、早川はうなずいた。

なんとかなるだろう。兄貴に訊けばいい。

「じゃあこれ、預かっておくな。すぐ作ってやるから待ってろ。おまえはよさそうな倉庫を探しておけ」

早川は生徒手帳をポケットに入れた。主導権を握るのは気分がいい。

菊地のスマホが鳴った。約束があると言って、菊地は店を出ていった。デレデレした顔をしているから沢木に違いない。いちゃつくつもりなのだろう。どうしてあいつにだけ女ができるんだと思うと、上がっていた気分が落ちた。

早川も店を出た。駅前商店街をだらだらと行く。

盗みに入れる倉庫なんて、そうそうあるだろうか。菊地のやつ、頭を良く見せようと適当な嘘をつくしな。そう思いながら歩いていた早川の足が、安売り電気店の前で止まった。

特売商品の文字が躍り、段ボールが積まれている。はっぴ姿の店員が、ポータブルDVDプレーヤー、カメラ、スマートスピーカーなどを前に呼びこみを行っていた。そんななかに、無骨なボディのヘッドフォンがある。

あれ、欲しかったんだよな。イヤフォンも悪くないけど、ヘッドフォンのほうがプロっぽい気分になれる。Bluetoothタイプで、色はメタリックブラック、好みどおりだ。

早川の視線に気づいたのか、店員の声が高くなった。

「はい、ポータブルDVDプレーヤーはあと四台、ヘッドフォンはあと三台、スマートスピーカーはあと一台だよ。この値段は今日限りだよ。お買い得!」

店員が背広の男性とにこやかに話をしている。話がまとまったとみえ、ヘッドフォンの箱が手渡された。

狙いは同じだったか。残り二台。

どうしよう。明日にはもとの値段に戻るんだよな。

予行演習してみようか。菊地は怒るかな。あいつ、リーダー気取りだもんな。俺が先に動いたら嫌な顔をするだろう。けど、残り二台なんだぜ。

小太りの男性が店員に近づいた。早川も一歩寄る。店員は商品の説明をはじめる。男性はスマートスピーカーに興味があるようだ。早川がなおも近寄る。男性はヘッドフォンにも指をさす。

そうすると、残りは一台。買うつもりなんだろうか。明日になったら……

早川は動いた。

脇にあった段ボール箱を蹴飛ばした。上に置かれた炊飯器が歩道を転がる。店員の目が追う。その隙を早川は逃さなかった。ヘッドフォンの箱をつかんで駆けだす。

「万引だ、万引！」

店員ではなく、客の男性が叫んだ。

うぜえヤローだ。てめえには関係ねえだろ。

早川が逃げる。店の中にいた別の店員が追ってくる。通勤者たちの帰宅時間と重なって人が多く、走りづらい。

くそっ。よくよく考えれば、盗るなら値段は関係なかった。今日限りだなんて、騙されたようなものじゃないか。あのヤロー。

早川は人波を縫って走る。小道に入り、大通りに戻り、ジグザグに動いて撒こうとした。「万引だ、捕まえてくれ」と背後で店員が叫ぶ。逃げる早川に視線が集まる。思わず舌打ちが出る。

早川は再び小道に入った。ビルの間を抜ける。半開きのシャッターが目に入った。シャッターをくぐった。中は倉庫らしく、段ボールが積みあげられている。蛍光灯が切れかけていた。自分の姿が、照らされては消える。

ちょうどいいや。下見といこう。それにしてもなんの倉庫だろう、ここ。段ボールを開いた。使用感のあるサッカーボールが大量に詰めこまれていた。左側の大きな箱には同じく中古の金属バット。壁の棚の段ボールは雑多でよくわからない。

　悪くない。

　笑いながら周囲を眺め回す。そんな早川の目の前に、それはあった。

　サッカーボール。――浮かんでいる。

　開けたばかりの段ボールに詰まっていたサッカーボールがいくつも、早川を取り囲むように浮かんでいた。

　倉庫の空気は淀んでいた。そんななか、潮の香りが漂う。

「……なに。なんだよこれ。ふざけんなよ」

　早川は叫んだ。ボールはひとつずつ、ゆっくりと回転しはじめる。早川を中心に周回し、徐々に高くなっていく。早川は動けない。

　前にも、後ろにも。

　突然。ひとつのボールが止まった。

　早川を目指して落ちる。

　ふたつめのボールが、みっつめのボールが、さらに次のボールがやってくる。

「やめろ。やめろってば、痛えっ。くそてめー、誰だこんなことするのはっ」

　早川は頭をかかえ、身体をまるめて堪えた。やがて、ボールの動きが止まる。床に転がった。

ほっと息をついた。顔を上げる。

かたり。

音がした。

かた。かたかた。かたかたかたかた。

早川は音のする方向を見た。喉で声が鳴った。金属バットが揺れている。

一本のバットが、ゆっくりと集団を抜けだした。

第五章　金曜日

1　真司

遅いな、先生。ホームルームどころか授業まではじまってる時間なのに。休みなら休みだって連絡してくれよ。クラス委員も騒いでないで聞きにいけって。

と口には出せず、真司は窓際の席からただ外を眺めていた。早朝から降りだした雨は勢いを増していく。生徒たちはくつろいで、席まで立って雑談に興じている。

こんなときこそ警戒しなくては。あいつら、きっとなにか仕掛けてくる。

真司は肩越しにようすを窺う。菊地は机に足を載せてスマホをいじっていた。早川は席にいない。ほっとした。今のところ、自分に攻撃が向けられることはなさそうだ。

教室の扉が開き、一時限目の授業を受けもつクラス担任の千田(ちだ)が姿を見せた。立っていた生徒が慌てて席に戻る。

「静かに。昨夜、早川が入院した。しばらく欠席する」

えー？　とざわめく声がする。クラス委員がここぞとばかりに手を挙げた。

「どうしたんですか？　病気ですか？」

　千田が少しためらった。唇を引き結び、それから答える。

「怪我だ。じゃあ授業をはじめる」

　ざわめきが大きくなる。静かに、と千田が教科書で黒板を叩いた。

「私語禁止。教科書とノートを出せ。八十七ページ。青木（あおき）、読め」

　千田は次々と生徒に朗読をさせ、授業は脱線も笑いもない。ぴりぴりとした緊張感が漂う。

　終鈴が鳴った。

　千田は断ち切るように授業を終えた。椅子を引く音がそこここで聞こえる。二時限目は音楽教室への移動だ。

「菊地はちょっと来てくれ。二限の先生には俺から言っておくから」

　腕こそつかんでいないが、逃がすつもりはないという表情で千田が菊地を連れていく。

　教室の音が一瞬にして止まった。ふたりの姿が見えなくなってすぐ、再生ボタンが押されたかのようにまた流れだす。

「なに？　なにがあったの？」

「わからない。あの子たちなにかしたんじゃない？」

　あ、と大きな声を出した女子生徒がいた。

「昨日、駅前の商店街で騒ぎがあったんだよ。電気屋さんで万引があって、追いかけっこ。逃げた子が迷いこんだ倉庫で怪我をしたって」

「それだ！」

生徒たちは口々に話しだす。興奮で教室内の温度が上がった。

「やりかねないよな」

「ってことは菊地も一緒にいたわけ？」

「リーダーはそっちだし」

声の大きさに、廊下から他のクラスの生徒が覗きこむ。話を聞いて、一緒になって騒ぐ子もいる。

真司は窓際の席から、クラス全体を見回していた。

みんな、よくわかってたよな。あいつらがどういう連中か知ってたけれど、仕返しが怖いからチクれなかったんだよな。万引だけじゃない。カツアゲも喧嘩もだ。当然、警察にも連絡がいってるんだろう。あいつのやってたことを暴いてくれ。学校に平和をもたらしてくれ。

「やだ、次って音楽室じゃない？」

誰かが声を上げた。やばいやばい、と口々に言いながら、教科書とノートを抱えた生徒たちが教室を出る。

真司の身体が温かくなる。これが充実感というものか。

「神様って、いるんだな」

つい、口に出た。笑みを浮かべたまま顔を上げると釘宮がそばにいた。両の拳を握り、ガッツポーズまで作る真司を見ている。

気恥ずかしさはあったが、高揚感をともに楽しみたくて釘宮に話しかける。

「あのさ、釘宮さん。一昨日の夜のコンビニもそうなんだ。あれはおれじゃなくて菊地が——」

「急がないと授業に遅れるよ」

釘宮は机の中からペンケースを取りだし、出入り口の扉へと駆けていく。友だちになったのか、女子生徒がふたり、そこで待っていた。

誤解されたままじゃ嫌だな。コンビニの一件は菊地と早川のせいだって、今度ゆっくり説明しなきゃ。あいつらの悪事が明らかになれば、自然とわかるだろうけど。

悪の栄えたためしはないってセリフは、漫画だっけゲームだっけ、オヤジの見てた時代劇だっけ。神様か天使かわからないけど、きっと誰かが見てるんだ。

天使。……ノゾミくんって天使なのかな。やっぱりあの鏡の中にはノゾミくんがいたんだ。

真司は廊下を歩きながら、声を立てずに笑っていた。

2　逸子

――ノゾミくんの約束を果たしたか。

逸子の頭から、昨日、美咲が告げた言葉が出ていかない。

夜中じゅう、逸子はスマホを握っていた。

克己からのＬＩＮＥは、毎日のように来ていた。おはよう、おやすみ、なにしてる。たあいのない会話ばかりだが、スマホを震わすたびに、心も震えていた。そのことに改めて気づく。

連絡の途絶えたスマホを見ているのがつらかった。それでも抱きしめていたかった。

早朝から病院に寄ってきたが、意識はまだ戻らないと、母親は憔悴（しょうすい）した顔で首を横に振った。美咲も病院にいた。学校には行きたくないそうだ。

「先生。……先生ってば！」

生徒の声で、逸子は現実に引き戻された。

「先生だいじょうぶ？　さっきから板書の手、動いてないですよ。みんなもう書けたから、次、続けてください」

「ごめんね。じゃあ次のページに移ります」

臨時休校は明けたものの、休んでいる生徒が多い。教室には雨の音が流れている。

私語もない。白い夏服の集団は日常に戻りたがっていたが、どうにもぎこちなかった。

逸子もつい、考えが浮遊する。教科書の言葉を唇に乗せながらも、頭をめぐるのは別の言葉だ。

ノゾミくん。

克己の怪我は、ノゾミくんの仕業なんだろうか。それは、わたしのために祈った克己の願いが届いたせいなのか、わたしを不幸にしたいという美咲の願いが届いたのか、どちらなんだろう。

いけない。ノゾミくんの伝説に囚われすぎだ。昨日の刑事にも、冷静にと言われた。たしかに現実的じゃない。伝説が人を殺す、幽霊が人を殺す。

しかし由夢が死んだのも現実、克己が事故に遭ったのも現実だ。そして、美咲のあの変貌といったら。

美咲の顔はすっかり変わっていた。見開かれた目は血走り、濁り、違う世界を見ていた。あんな力、美咲には出せない。刑事に水をかけられてやっと、美咲はもとに戻った。美咲もなにかが自分の中から出ていったと言う。

仮に、ノゾミくんは本当にいるとしよう。

克己と美咲、たとえどちらの願いだとしても、克己を傷つけたのはノゾミくんとなる。由夢と同じように、美咲も憑かれて殺されてしまうかもしれない。

一方、美咲の変貌は美咲自身の精神状態が招いたものだとしよう。美咲はノゾミくんがいると信じこんでいる。自分が殺されると思っている。そこから解放するには、自分はノゾミくんの願いに応じて約束を果たした、と思わせる必要がある。

ではノゾミくん自身の願いとはなんだろう。

美咲は、わからない、知らないと言う。一昨日調べたものでは足りない。追加の調査が必要だ。

なぜノゾミくんは死んだのか。なぜノゾミくんの伝説として世間に流布しているのか。

ルーツは必ずあるはずだ。現実と伝説の接点がどこかにある。それを探せばノゾミくんの願いも見つかるんじゃないだろうか。または、ノゾミくんの伝説には根拠がないと、美咲を納得させられるんじゃないだろうか。そうすれば美咲を助けることができる。克己を助けることができる。

終鈴が鳴った。安堵の溜息とともに生徒たちは席を立ち、友人とおしゃべりをはじめる。

逸子はひとりの女子生徒に声をかけた。由夢と同じ中学の出身者だ。

「由夢にノゾミくんの話を？　……うん、したよ。私が知ったのはＬＩＮＥから」

「ＬＩＮＥでつながってる友だちということ？」

「……顔は、知らないんだけどね」

　女子生徒はバツが悪そうにした。

「そういう相手とつながるのは――」

「わかってるわかってる。気をつけてるよ。でも趣味の話をするゆるい集まりだから。オープンチャットっていって、別名を使えるし、コスメつながりだから女子ばかりだよ」

「化粧に関心のある男性もいるし、性別を偽る人もいるよ」

「直接は会わないし写真も送らないよ。私が言いたいのは、趣味で集ってる人ってこと。私が聞いたのはそのコスメ関係の友人。その子はＳＮＳに詳しい子だから、別のグループやほかのＳＮＳでもいろんな交流をしていて、そのあたりから聞いたらしい」

「友だちから友だちに、どんどんと伝わっていったわけね」

「そう。最初がどこかはわからないんだ」

「たしかに噂って、そういうものだね」

　一昨日調べたときも、「ノゾミくんに願いをかなえてもらう」と「ノゾミくんに願いをかなえてもらう。加えて、ノゾミくんの願いにも応じる」のふたつのパターンのどちらが先に発生したのかわからなかった。噂のルートが無数にあり、もとが辿りづらい。

「そのお友だちに訊ねてもらえないかな」

逸子が頼むと、由夢のためにもなるよね、と女子生徒はうなずいた。

昼休みになってから、メモを渡された。ホラー映画好きのオープンチャットで、都市伝説について盛りあがったときにノゾミくんのことを知ったという。YouTube のチャンネルを持っている人がいて、都市伝説を検証しているらしい。名前を教えてもらった。


「遠山先生、よろしいですか」

昼休みの終了間際に、主任の鈴木が話しかけてきた。校長不在の校長室にいざなわれる。

「古滝克己くんの具合はいかがですか？　情報が錯綜していましたが、救急車で運ばれたのは菅野さんの友人の妹さんのほうではなく、バスケ部の古滝くんだったとか」

「脳内に出血があり、手術は成功したとのことですが、意識は戻っていないそうです」

「それは心配ですね。遠山先生はなおのこと、心配でしょうね」

「え？　ええ。バスケ部員ですし」

「そうでなく」

ふふ、という笑い声とともに、鈴木は窓の外を見た。雨はなお降り続いている。

「一昨日の夜、遠山先生と古滝が会っていたという話を聞きました。しかもあなたのアパートで。本当ですか？」

鈴木が逸子へと向き直る。

「それは、……はい。あの、調べていたんです。菅野さんが古滝さん――古滝美咲さんに送ったメッセージのことを。ノゾミくんという都市伝説のことを」

はあ？　と鈴木がわざとらしく声を上げる。

「ノゾミくん？　たしか菅野が、殺されるとか書いてきたという？　そのノゾミという都市伝説の話は、昨日の会議でも出ましたよね。ただのホラ話、口裂け女とかそういう類（たぐい）のものでしょ」

「それはそうですが、本人たちは信じたようです。だから怯えて」

「そんなくだらないものを調べていたと。あなたが。教師と。生徒が」

「……はい」

「誰が信じるんですか」

鈴木の冷たい目が逸子を見ている。

「でも、あの子たちは信じてしまったんです。正体がわからないと対応もできないじゃないですか」

「誰が信じるんですかと言ったのは、遠山先生と古滝がなにをしていたのかについて、ですよ。アパートの表で、痴話げんかまでしていたそうじゃないですか」

逸子は愕然（がくぜん）とした。誰が見ていたんだろう。誰が学校に訴えたんだろう。

「その話は誰が……」

鈴木が笑った。

「誰なんでしょうね。ただ噂になるとやっかいだ。噂というのはもとが辿りづらいくせに、火がつくと一気に広がる。学校まで焼かれるのは迷惑なんですよ」

逸子は頭を下げた。

克己と会ってたのは事実だ。言い訳はできない。

「すみませんでした。以後気をつけます」

「そろそろ潮時じゃないですか、遠山先生。あなたの気をつけますは実に危なっかしい」

「ですが」

「木村の親は地元の名士です。菅野の祖父も市会議員です。相手が悪かったですね。けれどあなたも浅はかだ。ちなみに菅野ですが、事故ということで決着しそうですよ」

「事故?」

「殺されるというメッセージがあったにしても、相手はそのノゾミという幻か幽霊です。いじめもなかった。現実的に考えて、情緒不安定になって飛び降りた自殺、ということになるでしょう。ただそれでは世間体が悪い。祖父が警察に働きかけて、事故で収めてもらうよう段どっているとのことです。そのかわり学校の責任は問わないと」

「でも、……じゃあ、古滝くんが階段から落ちたのは」

「まさに事故でしょ。なにを言ってるんです」

ふう、と鈴木が息をついた。

「どちらにしても、遠からず遠山先生とは関わりのないことになるでしょう。菅野の葬儀が日曜に行われる予定ですが、先方は遠山先生にはご遠慮いただきたいとのことです。しばらく謹慎していてください。そのまま辞表を提出なさってもかまいませんよ」

3　暢章

「食わないのか。好物だろう。気合いを入れて作ったんだぞ。おまえの帰りが遅かった分、煮込みもばっちりだ」

カレーをはさんで、暢章は真司と向かいあって座った。不審そうな表情で、真司がスプーンで皿をつついている。

「おい、全部かき混ぜるな。口に入れる分だけ、食う直前に混ぜるんだ。汚らしいだろ」

「うるさいな。おれはいつもこうやって食ってんだよ。知らないのか。ていうか、なにやってんだよ、オヤジ。仕事が忙しいんじゃなかったのかよ」

「非番だ」

「はあ？　朝、早くから出かけたくせに。遅くなるって言ってたろ。なのに家に帰ったらエプロンつけてニタニタ笑ってて、気持ち悪い」

「たしかに似合わないな。この花柄は母さんの趣味だったんだ。他にない」

「気持ち悪いのはエプロンじゃなくてオヤジだよ。どうして料理に気合いを入れてるんだ」

真司の悪態を、暢章は笑って聞いていた。

なにを言われても怒るまい。しかし、どう問えばいいのか。取調室なら調子も出るのに。俺はいつから真司の交友関係を把握していなかったんだろう。

「……真司。ちょっと訊きたいことがあるんだが」

しまった。声が裏返った。暢章は焦る。

続く言葉は電話のベルで止められた。珍しく、自宅の電話が鳴っている。

「いい。俺が取る」

暢章が急いで立ちあがる。しかし電話は真司あてだった。

「クラスの連絡網だそうだぞ」

暢章は真司の目を見て受話器を渡した。電話に向かう真司のようすも凝視する。一瞬の変化も見逃すまい。

きっと例の連絡だ。時間がかかるもんだな。警察に死亡連絡が入ったのは午前中だというのに。

万引をして逃げていた少年が事故に遭った。それを聞いたのが最初だ。倉庫の荷崩れに巻き込まれたという。荷物が犯人の上に重なって落ちている。それにしては派手で不思議な崩れ方だった。ピンポイントで、荷物が犯人の上に重なって落ちている。やがて鑑識が、現場近くの溝に落ちていた生徒手帳を発見した。――真司の生徒手帳を。

「え？　もう一度言ってくれ。……まじかよ」

暢章は真司の声に集中する。

……普通だ。普通の驚き方だ。

「そうか。え、明日の午後イチに教室集合？　明日って土曜じゃないか。休みなのにどうして。通夜じゃないかって？　いや、別にあいつの通夜なんて……、ああ、ああわかった。学校には行くよ」

取り乱したようすはない。知っていた風でもない。けれどクラスメイトが死んだにしてはクールな反応だ。悲しんでもいないんだな。

電話を終え、真司が席に戻った。暢章はさりげなく訊ねる。

「なんの連絡だ？」

「同じクラスのヤツが死んだんだ。怪我で入院したと聞いてたんだけど」

「そいつが死んだのか？」

「ああ。まさか死ぬとは」

暢章は聞きとがめた。

「まさかとはどういう意味だ」

「意味？　まさかはまさかだろ。そんなにひどい怪我だったとは」

なにを言ってるんだ、こいつは。あれがひどい怪我じゃない、だと。

握った拳が震えた。写真で見た少年の顔がよみがえる。

「相手は人間だ。ゲームの登場人物じゃない。顔が倍以上に膨れ上がって、身体中の骨が砕けて、死なないほうが不思議だった。そう思わないのか」

暢章の声が険しくなった。

真司は怪訝（けげん）な顔を向けている。

――真司じゃないのか。

暢章は悟った。安堵し、そして後悔した。冷静に問い質そうと思っていたのに、すっかり興奮していた。

「オヤジ、知ってたのか？　早川の怪我のこと」

「いや。……あ、いや、まあな。ひどい怪我で瀕死（ひんし）の中学生がいるという話は聞いた」

「おれと同じ中学で、同じクラスだってことも、知ってたんだな」

「それはさっき気がついただけだ。おまえの話を聞いてな」

「ウソつけよ。先生はどんな怪我かなんて、ひとことも話さなかった。早川が入院したとしか言わなかったんだ。なんだよそれ。骨が砕けてた？」

「そうか。聞いてなかったんだな。おまえは知らないんだな」

暢章は真司の目を覗きこんだ。

嘘はついていない。真司が待ち伏せて殴ったわけではない。

しかし。なんだろう、この微（かす）かな怯えの色は。身に覚えがないならもっと堂々として、澄んでいるはずだ。なのにこいつの目には、後ろめたさが混じっている。

「おれの反応を見てたな。おれがやったと思ったのか。だから、取調室のカツ丼よろしくカレーなんて食わしたのかよ。なに疑ってるんだよっ」

「疑ってない！　俺は疑ってない。だけど、近くにおまえの生徒手帳が落ちてたんだ」

「生徒手帳？」

「それに……。殴られた生徒は意識がなかったが、その子とよくつるんでいたという生徒に聞いたら、おまえの名前が出たそうだ。おまえと諍いがあったと」

真司が睨んできた。唇が震えている。

失敗した。暢章は奥歯を噛む。

俺としたことが、初めて取り調べをするガキみたいに舞いあがってしまった。杉尾に任せたほうがよかったか。けれど俺は親だ。息子の行動を確認したかった。

「菊地のことだな。つるんでた生徒ってのは」

「……ああ。そんな名前だ」

「おれより菊地の話を信じるのか」

「違う。ただの確認だ。俺はおまえを信じてる」

沈黙があった。暢章は念じた。

信じてる。だから、本当のことを話してくれ。おまえの一瞬の怯えはなんなんだ。

「……おれ、アリバイあるから」

真司が低い声で言った。その冷静な声に驚く。

「昨夜入院したって話だから、早川の怪我は放課後だよな。海のそばの県道、崖の近くにカフェフォレストっていう喫茶店がある。おれはそこで皿洗いや雑用をしていた。時間は学校が終わってすぐから八時前ぐらい。そこのマスターと店の客が証人だ」

目の前にいるのは本当に真司か？　アリバイに証人？　大人みたいなことを言いやがって。しかも、カフェフォレストだ？　中学生がなんだってあんな店に出入りしてるんだ。

「皿洗いってのはなんだ。おまえ、隠れてバイトでもしてるのか」

「世話になったお礼。無理に頼んでやらせてもらっただけで、バイトじゃない」

「本当か？　本当なんだな」

「いいかげんにしてくれ」

真司の声が冷たい。

「『信じてる』なんて言うなら、そんな風に訊くなよ。オヤジの『信じてる』には、証拠が必要なんだな」

拒絶するような声だった。

他にもいろいろ訊きたいことがあった。なぜ真司の生徒手帳が落ちていたのか。真司と、死んだ早川と友人の菊地の間になにがあったのか。カフェフォレストに、どんな世話になったというのか。けれど、無理だ。

真司も大人になったなと喜んでいた。昨日までは。でも今、目の前にいるこいつは他人のようだ。どんな扱いをしたらいいんだ。

再び電話の音がした。今度は暢章のスマホだ。

「杉尾だ。どうなった？」

なんてタイミングの悪い。あとでかけようと思ったのに。

「……悪いがかけ直す。アリバイがある。詳しい説明をするから」

暢章は口元を覆い、声を潜めた。真司が席を立った。暢章に背を向ける。

「ちょっと待て、真司。話は終わってない」

電話の向こうでは杉尾が愚痴っている。

「アリバイ？　忙しいんだ、早く教えろ。しかも例の、ノゾミくんに殺されたと言っている女子高生な。市会議員のじいさんが口を出してきて署長とひと悶着だよ。片づくものから片づけないとパンクしちまう」

片づける、だ？　俺の息子をモノみたいに言いやがって。

「なにがノゾミに殺されただ。そんなのと一緒にするな。五分後にかけるから待ってろ」

つい、潜めた声が高くなる。返事を待たずに切った。むかついて食卓の脚を蹴ってしまう。天板が揺れ、冷めて膜の張ったカレーの表面に皺（しわ）がよった。

「ノゾミに殺されたって、なんの話だ？」

部屋を出ていったかと思った真司が、目の前に立っていた。

真剣な顔をしている。

「なにって……あ、いや、すまなかった。おまえを疑ってなんていない。だけど俺がいくらおまえを信じようとも、実の親が言うことだ。周りの連中を納得させなきゃならない。それだけなんだ」

暢章は素直に頭を下げた。

「違う。ノゾミの話だ。ノゾミに殺されたって話だ。この間もおれに訊ねてきたよな」

「いや最近、変なことを言うヤツが多いだけだ。ノゾミくんに願いをかなえてもらったとか、取り憑かれたとか、殺されるとか」

「願い？　実現したのか？」

真司の表情が、目の前のカレーの膜のように固まっていた。

「本人がそう主張してただけだ」

「……取り憑かれたとか、殺されるとかはどういうことだ。誰が死んだんだよ」

「捜査上の秘密だ。教えられない。しかしありえないだろ。ノゾミがなにものか知らないが、そんなものが人を殺せるはずない」

真司がぷいと横を向く。無言のまま、ゆらりと自室に消えた。

暢章は溜息を洩らした。カレーの皿をつかみ、流し台に乱暴に置く。

4　美咲

今の、なに？

美咲は背後を振り返る。白いものが揺れたような気がした。

病院に残りたいけれど、ＩＣＵは完全看護なので外から窺う程度のことしかできない。両親と一緒に帰ってきたものの、入院に必要なものを買うの仕事の引継ぎがあるのと、ふたりとも出ていってしまった。夜になっても帰ってこない。

小遣いを貯めて買ったお気に入りの姿見が、美咲の部屋にある。けれど今は鏡を見たくない。死角にあたるクローゼットの陰に移動させて、シーツを掛けておいた。

そっと首を伸ばして覗く。

シーツが風で煽られているかのように揺れていた。

窓を閉めたはずなのに、どうして。

カーテンの上から触って確かめたが、鍵はかかっている。

ためていた息を吐きだすような機械音がした。エアコンの風のせいだったんだ、と安堵する。

ベッドに戻った。勉強机の上に、ペットボトルとシートに入った小さな錠剤が置かれている。医者から渡された睡眠薬だ。

これ、飲んでいいんだろうか。眠っている間に襲われたらどうしよう。

……お兄ちゃん。お兄ちゃん、ごめんなさい。

あたしが願ったのは、お兄ちゃんのカノジョを苦しめてほしいってことだけ。それがどうしてお兄ちゃんに跳ね返っちゃうんだろう。たしかに逸子先生は苦しんでいる。でもあたしのほうが、何倍も苦しんでいる。もとのカノジョと別れないままテルくんと両想いになるなんていう由夢の願い以上に、変だよ。滅茶苦茶だ。ノゾミくんのバカ。バカ、バカっ。

　かきむしった首の傷跡がうずいた。美咲の手が包帯に触れる。いけない、と身震いした。

　嘘です。ごめんなさい。悪口なんて言ってません。許して。ノゾミくん、襲わないで。

　白いシーツがまた揺れた。留めておこうと、ガムテープを持ってきて姿見の前に立つ。シーツのおかげで鏡面は見えない。

　うちは海のそばじゃない。鏡の中にノゾミくんはいない。だからだいじょうぶ。

　そう思いながら姿見の枠に手をかけた美咲だが、途中で止まってしまう。もしもノゾミくんが鏡を通ってやってきたら。

　シーツが揺れた。

　鏡が動く。

　美咲に向かってゆっくりとシーツが持ち上がり……

「いやあああっっ」

　美咲は逃げ、机にあったペットボトルを投げた。シーツの内側で鏡が割れ、欠片(かけら)が散らばる。あとじさる美咲は腰を椅子にぶつけ、転んでしまう。立ちあがりたいのに、足がよろけて膝をついてしまう。

　来ないで。お願いだから来ないで。もう、あんな目に遭いたくない。

美咲は部屋から這い出た。目の前には階段。ここからお兄ちゃんが落ちたんだと思うと、また足がすくむ。壁に手をつけながら一段、一段。しまった、スマホを部屋に置いてきた。でも戻りたくない。

タクシーを呼んでお兄ちゃんのそばに行こう。寝るのは廊下でかまわない。

美咲が居間の電話に手を伸ばしたとたん、待ちかねていたかのようにそれは鳴った。

「落ち着いて、古滝さん……美咲ちゃん。姿見に触ったら動いた、そう言ったよね。その姿見はどういう形をしているの？　壁に立てかけるもの？　それとも二本の柱で鏡をはさんでネジで留めてあって、角度がつけられるもの？　うちにも同じようなのがあるよ。バランスが崩れて動いただけなんじゃないの」

美咲はリモコンを握り、テレビをつけた。逸子の声が電話から聞こえたとき、ついほっとしてしまった自分が嫌だ。別の音を入れれば、すがっているように思われないんじゃないだろうか。

「……そうかもね。けど、ノゾミくん、きっと見てる。その辺にいるんだ。サイアク」

「美咲ちゃん、眠らなきゃダメだよ。ノゾミくんのこと、調べるから待っててね」

逸子の声が優しい。

なんでそんな声出すの、と美咲は電話を睨む。どうして怪我をしたのが逸子先生じゃないんだろう。どうしてお兄ちゃんなんだろう。

「バカだと思ってるんでしょ、先生。バカな生徒がバカなおまじないにひっかかったって。あたしがノゾミくんに襲われたとしても自業自得。だよね」

本当はあたしが一番そう思っている。お兄ちゃんが意識不明なのもあたしのせい。それもわかってる。なのに、逸子先生が傷つくべきだったと思う気持ちは止められない。どうしようもなく、そう思ってしまう。

逸子からの返事がなかった。そのことにも苛ついてしまう。

「逸子先生こそ早く寝なよ。あたしのことなんて放っておいて寝ちゃいなよ。あたしがノゾミくんに殺されちゃったほうが得するよ。お兄ちゃんをひとりじめできるじゃん」

「……美咲ちゃん、あのね、……本当はね」

「あたしが憎いよね。あたしのせいだもんね。あたしが願ったからお兄ちゃんが……。だけど、どうしてお兄ちゃんなの。先生じゃなくてお兄ちゃんなの？　ワケわかんない」

しゃくりあげるたびに、美咲はどんどんと興奮していく。

「……美咲ちゃんのせいじゃないよ」

逸子の声が震えていた。

「いい。慰められると、もっとムカつく」

拗ねたようになった自分の声が、美咲は悔しい。

「そうじゃないの。……あのね、美咲ちゃんの願いが古滝くん……克己くんに、跳ね返ったわけじゃないよ。克己くんも別の願いをノゾミくんに伝えてたんだよ。もしも本当にノゾミくんがいるのなら、そのせいかもしれない」

「お兄ちゃんの願い？」

そういえば教えてもらっていない。逸子先生には、自分の願いを言ったんだろうか。

「……わたしのことだった。わたしの願いが実現しますようにって」

「逸子先生の願い？」

「うん……、月曜日の放課後、わたしの願いはなにかって克己くんに訊かれた。わたしはそのとき返事をしなかったけれど、克己くんは、自分自身のことを思いつかないからわたしの願いを、って考えたって」

「逸子先生の願いってなに？」

「それは――」

「あーっ。やめてやめて。聞きたくない。いい。逸子先生の願いなんて知らない」

美咲は叫んだ。

「冗談じゃない。なんでお兄ちゃんが逸子先生のせいで意識不明になるの。そんなの許せない！　逸子先生はお兄ちゃんと関係ない。お兄ちゃんのことはあたしのせい。あたしが願ったから。あたしとお兄ちゃんの間には入らせない」

自分でも、無茶苦茶な理屈だと美咲にはわかっていた。けれど納得がいかない。逸子のために克己が願いごとをした、そのことが許せない。

美咲ちゃん、と逸子が呼びかけてくる。

「わたしも美咲ちゃんに嫉妬したことあるよ。相手を好きな気持ちが強いと、他人を見ないでって思うよね。好きだという気持ちを、違う形で願いにかけた、それだけだよね」

「わかったようなこと言わないで」

「ノゾミくんってなにものだと思う？　ノゾミくんの約束を果たしたのかって、美咲ちゃんは訊ねられたそうだけど、なんのことかわからないんだよね」

「もちろんだよ。だってそんな約束してないんだから」

「なんの約束もしてないのに襲われるなんて納得いかないでしょ。願いに応えてくれる存在だとしながら、ひどい結果も戻ってくる。変だよね。だから調べるの」

「調べる？　ノゾミくんの約束を？」

「そう。ノゾミくん自身の願いを。どこから噂がやってきたかを。絶対につきとめてやる」

逸子がきっぱりと言った。堂々とした声に美咲は圧倒される。

そうすればあたしは助かる？　お兄ちゃんは助かる？　先生にお願いするのは嫌だけれど、でも、――助けてほしい。

「ノゾミくんを捜せる？」

「捜す。克己くんと一緒に待ってて」

「……絶対だよ。わからなかったら、お兄ちゃんを殺してあたしも一緒に死ぬからね」

美咲は叩きつけるように電話を切った。

5　逸子

長い夜になりそうだ。逸子は切れた電話に溜息をつく。

克己の願いがなんだったのか、美咲に告げたのは逆効果だったかもしれない。だけどこれ以上美咲に自分を責めさせたくなかった。逸子を憎むことで気持ちが安らぐならそれでいい。……もう言ってしまったのだ。落ちこむ暇なんてない。

ノゾミくんの設定のなかに、臓器移植を待っていた少年という説があった。逸子は移植治療で有名な大学病院のいくつかに電話をかけ、ノゾミという名前の少年について訊ねてみたが、どこも門前払いだった。臓器移植において個人名が出されることはないので、当然かもしれない。医療関係者についてもない。

一昨日メールを送った都市伝説関係のサイトやSNSからの反応も、まだない。

次にやれることはと、生徒から教えてもらったYouTubeチャンネルを見る。音楽などのプロモーションビデオを見たことはあるが、逸子は個人のチャンネルには詳しくない。

……はいみなさん、永瀬剛史です。今日のテーマは都市伝説についての第三回。ピアスの穴から出てきた白い糸を引っぱったら失明した、という伝説について検証します。

四十代ほどの男性が、液晶画面に現れた。堂々と顔をさらして、背景はグレーのカーテンだ。そこに突然、でかでかとした字が現れた。

「真相究明！　都市伝説の真相を探る！　どんなきっかけで都市伝説が生まれたのか。どんな風に噂が流布してきたか」

男性――永瀬は早口で話しだす。

……聞いたことありますよね。ある日耳たぶのピアス穴から白い糸が出てきた。なんだろうと思って引っ張ると、突然、目の前が真っ暗に。白い糸は視神経で、それが切れてしまったのだった。そんなお話です。みなさん冷静に考えてくださいよ。視神経は耳たぶなんて通ってません。ありえませんよねー。ただ、鍼治療のツボが耳たぶにあるんだそうです。だったらそこに神経があるのでは、なんて両者が結びついた結果です。では白い糸の正体とはなんでしょう。正解は——皮膚です。

正解は、と言いながら、永瀬は右手の人さし指をずいっと前に出した。自己紹介のアイコンも指になっていた。彼の決めポーズのようだ。映像は続く。

……人の身体に傷ができると、周りの細胞がそれをふさぐために増殖します。皮膚の立場から考えれば、傷とはいわば穴ですね。穴を消すのです。しかしピアスは、針を入れたままにしておくことによって、もとの皮膚のほうではなく、針の周りの皮膚同士をつなげていきます。穴を消すことによって穴を作るわけです。ちなみに皮膚の表面は「表皮」といいます。できたての表皮はまだ弱い。穴がしっかりする前にピアスを抜いたり刺したりすると、できたばかりの皮膚が針にくっついて剝けてしまう。それが糸に見えるんです。

なるほどね、と逸子はパソコンにうなずく。納得できる説明だ。ノゾミくんを扱った回はあるだろうか。

過去の映像はこちら、チャンネル登録はこちら、などと書かれたリンクを見ていく。都市伝説だけでなく、事件や事故の裏側についても扱われていた。しかし「ノゾミくん」という文字はない。

「Twitterのアカウントが載っていた。プロフィールを見ると、封筒のマークが表示されている。すべてのユーザーからメッセージが受信できるというマークだ。逸子は、一昨日作ったばかりのアカウントでフォローしてダイレクトメッセージを送った。映像の感想も添える。

返事を待ちながら、さらに検索を進めた。YouTubeを教えてくれた女子生徒は、#――ハッシュタグという記号をつけて検索すればいいと勧めてくれた。そうすればキーワードの話題がうまく拾えると。

アドバイスに従って、#ノゾミくん、と検索窓に入れると教えられたとおり、ノゾミくんに関する投稿が一気にあらわれた。ノゾミくんが願いをかなえてくれることを待っている、そんな内容が多く、肝心のノゾミくん自身の願いは見当たらない。
#ノゾミくん、に加え、#ノゾミくんの願い、など、いくつか言葉を変えて試してみる。
そんななか、あるアカウントが目を惹いた。#ノゾミくん待っててね、というタグがついている。

アカウント名は、マーレ・トランクイリタティス。逸子はさらに興味を持つ。マーレ・トランクイリタティスとは、月の海のひとつ、静かの海のこと。アポロ十一号が人類初の月面着陸をした場所だ。この人も天文ファンなのだろうか。
マーレ・トランクイリタティスのプロフィール画面に飛んで、投稿を読んでいく。

——六月十四日午後七時十五分
《夢の中のあたしは大胆だ。耳たぶにキスを受けて、身体中が熱くなってしまった。おかげで会うのが恥ずかしくて、着くのが遅くなった。どうしよう。まともに顔が見られない。願いがかなったら、きっと同じことがおきる。あなたの腕の中で融けちゃいたい。そばにいたい。ずっと。　#ノゾミくん待っててね》

——六月二十二日午後五時七分
《のぞみくん。昨日あなたの夢を見た。ああ、どうしよう。　#ノゾミくん待っててね》

——六月三十日午後六時一分
《願いは四つ目をかなえてあげてから止まってしまった。最初はいつだっけ。もうずいぶんと前。でも、あれのおかげだろう、名前を覚えてくれた。二つ目は、いつもの好きなものを覚えてくれた。三つ目、四つ目と進むにつれて、あたしたちの仲

は深まっていったね。　#ノゾミくん待っててね》

「願いは四つ目をかなえてあげ」た、とある。この人はノゾミくんの願いに応じているのだろうか。それがどんな願いなのか、投稿からはわからない。それに、最初とか二つ目とかいうのはなんだろう。

ノゾミくん以外の投稿内容は、会社や同僚への愚痴が多い。この人の願いは、恋愛関係のようだ。人物像としては、二十代から三十代の会社員の女性。物が錆びないよう気を遣うという記述もあったから、海の近くに住んでいるのだろう。

ただ、今週の月曜日を最後に投稿が途絶えている。一日数件はなにかしら書いていたのに、どうしたんだろう。

最後の投稿がこれだ。

《いよいよだ。これで五つの願いをかなえた。あとひとつ、願いをかなえればいい。あたしの願いはもう、のぞみくんに伝わっているはずだ。早く抱きしめて。　#ノゾミくん待っててね》

五つの願いとはなんだろう。……いや、あとひとつとあるから、六つの願いだ。ノゾミくんの願いとは、そんなにもあるんだろうか。ノゾミくんの伝説にはさまざまなパターンがあったけれど、このパターンは初めて見る。

この人は今どうしているんだろうと不安を感じながらも、逸子はマーレ・トランクイリタティスに、連絡をとりたいと呼びかけのリプライを送った。フォロー外からのメッセージは受信できない設定になっていたからだ。

さらに検索を続ける。と、パソコンの音が鳴った。フリーメールにメールが届いたのだ。一昨日メールを送った都市伝説サイトの管理人からだった。都市伝説の王者、そんな名前の相手だ。

「ノゾミくんの願いでしたっけ。知ってますよ。メールはかったるいのでＬＩＮＥか『Twitter のダイレクトメッセージでどうですか」と記され、アカウントが添えられていた。

逸子は『Twitter から、よろしくお願いしますとメッセージを送った。すぐに返事が来る。

《よろしくコタカトオイさん。最近、調子どうよ》

克己と作ったアカウント名は、ふたりの苗字と名前をつなげ、コタカトオイとしていた。

《お返事ありがとうございます、都市伝説の王者さん。ノゾミくんのことを教えてください》
《固いなー。軽く話そうぜ。きみいくつ？　女？　男？》
　逸子は少しためらう。念のため男性と答え、年齢は克己との歳を足して二で割ったものにした。自分を指す言葉も、僕にしようと決める。
《早速ですが、ノゾミくんの願いをご存じとのこと。詳しく教えてください》
《ほんと早速だな。なんでそんなに気になんだよ？　もしかして、おたくもノゾミくんに願いをかなえてもらったのかい。効くよなあれは》
《ということは、都市伝説の王者さんも願いをかなえてもらったんですか？》
《おおよ。ラッキーだね》
　この人は今も生きている。ノゾミくんの願いに応じ、約束を果たしたということだ。その方法がわかれば、克己も美咲も助けることができる。知りたい。
《ノゾミくんの願いはなんだったんですか。誰も死んだりしなかったんですか》
《きみんとこ、誰が死んだの？　なにがあったわけ？》

《それよりノゾミくん自身の願いを教えてください》
《最高だね。ケッサク。すげーネタじゃん。きみ、おいしいの持ってるね。その死んだって話、詳しく聞かせてよ》

逸子は眉をひそめる。この人は本当にノゾミくんの願いを知っているんだろうか。

《ノゾミくん自身の願いを教えてくださったら、僕もお教えします》

やや時間が空いて、相手の答えが液晶画面に加わった。

《ノゾミはノゾミにきまってるだろ。海のそばの病院で死んだ少年。自分が死んだから、他の人の願いをかなえてやろうと思ったんだ。わかった？》
《それは存じています。メールでも、そこまでは知っているので、それ以上のことを、ノゾミくんの願いをご存じなら教えてください、と書いたと思うのですが》
《メールは保存しない主義なんだ。でもこのＤＭの画面ならスクショ撮ってるよ。サイトで紹介してやるから、きみのほうの話を教えてよ》
《都市伝説の王者さんは、どんな願いをかなえてもらったんですか》
《自分のネタを教えてから人に訊ねなさいね。それが礼儀だよ。だいたい、ノゾミ

くんに願いをかなえてもらったなんて、嘘くさいなあ。ただの勘違いじゃない？》
《勘違いの可能性はあると思っています。でも都市伝説の王者さんもかなえてもらったのでしょう？　ノゾミくんの伝説を信じているんじゃないんですか？　ノゾミくん自身の願いとはなんでしょう。伝説のルーツはどこにあるんでしょう。それが知りたいんです》
《願い、願いってしつこいな。そんなもんどうだっていいだろ（怒）》
《僕にとってはそれが大事なんです。それをお伺いしたくてメールをいたしました。ご存じだとおっしゃったのでお訊ねしたのです》
《言葉遣いを丁寧にすればいいってもんじゃねーんだよ、粘着しやがって》

これはだめだ。きっと知らない。

《失礼しました。お時間をいただいてすみませんでした》
《（怒）（怒）（怒）（怒）》

怒っているという顔のマークが、次々と現れた。そこから怒濤のように発言が続いていく。

《おい、それが他人にものを訊ねる態度か》
《調子に乗るなよ。DMのスクショは撮ってあるって書いたろ。さらすぞ》
《謝れ。謝れって言ってるだろ。おい》

逸子は呆れてブラウザの画面を閉じた。文字の列が目の裏にちらつく。

ペットボトルを持ってきて目を冷やした。それでもうずきが消えない。洗面台で顔を洗う。

顔を上げた逸子は、鏡の中に白いものを見た。

とたん、身体がこわばる。

もう一度こわごわ覗きこむと、隈の浮いた自分の顔が薄暗い中に浮かんでいるだけだった。

やだなあ、もう。自分の顔に怯えてどうするんだろう。

溜息をつきかけたとき、背後でなにかが揺れたような気がした。後ろを振り向く。いつもの自分の部屋があるだけだ。誰もいない。

逸子は再びパソコンに向かった。都市伝説の王者が新しいメッセージを送ってきていた。URLがついている。ウイルス感染を狙っているらしい。相手にする時間さえもったいない。こういうときはブロックをするんだっけ、とヘルプを参照して処置をした。

薄く開けていた窓から、煙草の香りが漏れてきた。隣室に住んでいる人は喫煙者だ。雨にもめげず、ベランダでふかしているのだろう。窓を閉めに立ち、そういえばと思いだす。

由夢が屋上から転落したとき。美咲からなにかが出て行ったとき。どちらも潮の香りが強くしていた。学校や木村総合病院の近くであそこまで強いにおいがしたのははじめてだ。

ノゾミくんが海のそばで死んだというのは、本当なのかもしれない。でもどこまでが本当で、どこからが噂なんだろう。ノゾミくんの伝説も気持ちが悪いけど、噂が巡るうちに次々と進化していることが、より気持ち悪い。

都市伝説には怖い噂が多い。そのほうが人の気を惹けるからだろう。尾ひれがついて、現実と想像が混在して、どんどん怖いものを求めていく。さっきの都市伝説の王者も、こちらの不幸を面白がっていた。そんなどろどろの噂、不気味で渾沌としたなかからノゾミくんは現れたんじゃないだろうか。

逸子の目の前がにじんでいく。

今自分がやっていることに意味はあるんだろうか。時間をつぶしているだけじゃないんだろうか。それよりも克己のそばにいたい。警告されようと噂されようと、克己の顔を見ていたい。

ノゾミくんの願いに応じれば克己の意識が戻るかもしれない、そう思った。魔法で別のなにかに変えられた人が、魔法が解ければもとの姿に戻るように、謎を解ければもとに戻るんじゃないかと。でもそれは童話の世界だ。克己の身体は実際に傷ついていて、意識が戻らない。

もしかしたらもう、目覚めないのかも。

――逸子先生ならなにを願う？　ノゾミくんに

今なら答えはひとつだよ、克己。

やりたいことがあるなら諦める必要なんてないと、離れてもおしまいにするつもりなんてないと、そんな克己の言葉に勇気をもらった。けれど言い争いをしたまま、それっきり。

わたしはまだ、克己に伝えていない。自分の選択を、克己がどれだけ大事かを。克己の話もちゃんと聞けていない。克己が望んでいるものはなにか、わたしにどうして欲しかったのか、もっと知りたい。

もっと、もっと、克己といろんな話がしたい。

逸子は気持ちを奮い立たせた。ノートパソコンを睨む。また新たなメッセージが届いていた。永瀬剛史、生徒から教えてもらったYouTubeチャンネルの人からだ。なぜノゾミくんの話題が扱われていないのか、なにかご存じのことがあれば教えてください、と訊ねていた。

「伝説の実態を知っているからこそ、都市伝説を検証するという自分のスタンスでは、今、扱うべきではないのです」と、返事がある。

また悪意に遭ったら。そんな不安はよぎったが、おかしな相手ならブロックすればいいと、返信を綴った。その実態をぜひ教えてもらいたいと記す。相手の返信は早かった。都市伝説の王者と同じように、なぜ知りたいのか、知ってどうするのかと訊ねてくる。

逸子はためらった。頭の中で危険信号が点滅している。

本名かどうかは別にして、相手はネットに顔も名前もさらしている。なにかを手に入れようと思ったらリスクはつきものだ。陰に隠れたままじゃなにもできない。

《ノゾミくんの伝説を信じていた子が、ノゾミくんの約束を果たさないと殺されると言ってパニックを起こしているんです。でもノゾミくん自身の願いがわからない。ノゾミくんに殺されたというパターンの伝説もネットに流布しています。だから詳しいことを知りたいのです》

そう書いて、送信マークをクリックした。

……十分が経った。

永瀬は新たなメッセージを送ってこない。またからかわれたのか、と溜息しかでない。
そう思ったとき、メッセージが現れた。
《永瀬です。遅くなってすみません。仕事の電話が急に入って。結論から申します。あなたの事情は半分くらいしかわかりませんが、ノゾミくんの伝説がどういうものか知ったところで、なにかの解決になるとは思えません》
いきなりなんなんだろう、この人は。キーボードを打つ逸子の指に力が籠る。
《勝手に結論づけないでください。僕は本当に困っているんです。あなたには、それこそ半分だってわからないでしょう》
《なるほど。本当にお困りのようだ》
《永瀬さん。あいにく僕にはからかいに乗る時間はないのです。失礼します》
《待ちなさいよ。からかっているわけじゃありません。だって困るもなにも、あれは、ネタですよ。作られた伝説です。お話を創作して、意図的にネットに載せたんです》
《作られた伝説?》

逸子は思わず同じ言葉を大声で叫んだ。

《だけど本当に願いがかなった子がいるんです。片思いの相手とつきあいたいとノゾミくんに願って、実際に両想いになった子が》

《勘違いじゃないんですか？　いや、両想いだったのが幻想だというわけじゃなくて、ノゾミくんに願ったから両想いになったという部分がです。たいていの人は、あなたが好きですと言われれば嬉しいんじゃないですか。願いの効果があるはずだと思って勇気を出して告白、その結果ＯＫをもらった、ということでは？》

画面から、冷静な答えが戻ってきた。そうかもしれない。由夢はあのカフェで、思い切って告白したの、と言っていた。由夢のように大人びたかわいさのある子から告白されて、断る男子は少ないだろう。ノゾミくんがいてもいなくても結果は同じだったのではないか。それは、克己の願いも同じだろう。克己が願ったか否かにかかわらず、逸子の夢は実現の方向に進んだのかもしれない。……だけど。

《実は、本当に人が死んでいるんです。その両想いになった子が、ノゾミくんに殺されるとメッセージを残して》

《もう少し具体的に》
《すみません。それは、関係者がいる話なのであまり》
《そうですか。ひとつひとつ解きあかしていけば、勘違いだと証明できるのではないかと思ったのですが。まあかまいませんよ、それは私の問題ではないのだから。ノゾミくんの伝説の経緯を説明しますので、ご自身で考えてください》
《経緯、ですか?》
《私があの話と出合ったのは、ちょうど一年前です。私は大学時代に社会心理学を研究していました。人の口から口へと伝わって流れる奇妙な噂、都市伝説に興味を持っていたんです。今は情報系のライターをしているのですが、仕事の宣伝も兼ねて、都市伝説について YouTube で発信しています。一年前、私がノゾミくんの伝説に触れるまでは、存在していなかった都市伝説でした》
《一年?　僕も調べたんですが、せいぜい四、五ヵ月前が最古でした》
《消したからですよ》
「消した!?」
逸子はまた、ノートパソコンに向かって叫ぶ。
《「ノゾミくんの伝説を知っていますか?」と、そんな文章が一年前、都市伝説を話題とするオープンチャットや掲示板、ＳＮＳに載りました。投稿者の名前と、願いごと以外は、まったく同じ内容でした。調べたものが残ってるのでコピペしますね》

《お願いします》

《「あなたの近くにいる人の、願いをかなえてあげるんです。あなたがやったと宣伝することなく、相手が願う望みをかなえるのです。六人の人に対して、願いをかなえてあげましょう。そうすると、あなたのところにノゾミくんがやってきます。あなたの願いを、今度はノゾミくんがかなえてくれるんです。そうやってわたしの友だちも、ノゾミくんに願いをかなえてもらいました」とね。怪しいな。すぐにそう思いました》

六人に対して、願いをかなえる。

六――

さっきも、六つの願いというものがあった。マーレ・トランクイリタティスというアカウント名が記したＳＮＳの投稿だ。

六という数字になにか意味があるのだろうか。

《どこが怪しいんですか。多くは見つけられなかったのですが、僕が調べたなかに

も「六つの願いをかなえる」というものがありましたよ》

《六人というその人数については忘れてください。私が怪しいと書いたのは、創作くさい、演出くさいと感じた、という意味です。そんな噂は今まで聞いたことがない。なのに複数の場所で、別の名前で同時に載りだした。これはネットにおけるプロパガンダの手法です。つまり誘導。投稿者は実はひとりで、わざと噂を流そうとしているのでは。そう推察したんです。私は投稿した相手に訊ねました。どうしてノゾミくんは願いを現実のものにできるのか、ノゾミくんとはなにもので、どんな風にやってくるのか、と》

《答えてくれたのですか?》

《ノゾミくんがなにものかという問いに対しては、「死んだ少年」という答えがありました。しかしそれ以外の問いには、あやふやな答えしか戻りません。重ねて訊ねると、別のアカウント名から「自分もノゾミくんを知っている」と横やりが入りました。私は、自分は都市伝説を研究し、YouTubeで発信もしている、そこで紹介したいのでもっと詳しい話を聞きたい、ともちかけました。相手は噂の拡散につながると思ったのでしょう、そこからメッセージのやりとりがはじまりました》

《相手はどんな人だったんですか》

《まあまあ焦らないで。私は相手とのやりとりを重ねて、複数の掲示板に投稿したのも、別の投稿者を装い援護射撃をしたのも、すべてあなた自身ですねと認めさせ

たんです》
《素直に認めたんですか？》
《相手の素性を特定したんですよ。それをもとに、プロパガンダをやめるよう迫ったんです》
《特定とはどういうことですか？》
《教えましょう。それにしてもすごい雨だ。昼過ぎからずっとですね》
《こちらは早朝からですよ。でもだんだんとおさまってきたようです》
《今のが特定するためのひとつの方法ですよ。あなたは私よりも西の地域に住んでいることがわかりました。早朝から降っている地域を調べればもっと絞りこめます》
　あ、と逸子は声を出した。たしかに気象からはさまざまなことが読み取れる。太平洋戦争中の気象情報は軍事機密の扱いになり、ニュースから消されたとも聞く。天文に通じる分野だけに、悔しかった。
《僕のことも特定するおつもりですか》
《やろうと思えばできるというだけで、あなたを特定しても意味はありません。都市伝説を不正に広めようとしているのは許しがたい、と考えたからやったまで。都市伝説は本来、なにかのキッカケで発生した物語が口伝えで人々に広まっていくも

のです。夾雑物を混ぜられるのは、研究者としては迷惑なのです》
《なぜその人は都市伝説を創作したんですか》
《そこは最後まで教えてくれなかったんですよ。ただ、自分のためではないと言ってましたね》
《誰かに頼まれたということですか？》
《どうなんだろう。残念ですが本人がアカウントを消してしまって、やりとりも立ち消えになりました。発言はすべて本人が削除し、そのころには彼の書き込んだ都市伝説はネットから消えました。私は彼個人を攻撃するつもりはないんです。都市伝説のあるべき姿を守りたかっただけなので》
《しかしノゾミくんの伝説は復活してますよ。最初の物語とは少し違うけれど。どうしてなのかわかりますか？》
《私も疑問に思っています。あなたは五ヵ月ほどしか遡ることができていないようですが、私が最初に復活を目撃したのは半年前、一月のことです。半年近くブランクをあけて再び広まる、というのも疑問です。しかも今度は本当にバラバラの投稿者だ。内容も書き方も異なっている。彼が別の方法で噂を流したようですが、諫めようにも連絡が取れない》
《半年かけて、本当の都市伝説になってしまったんですね》
《本当の、と言ってしまうのは私の本意ではないんですがねえ。悔しいです》

《どうしてあんなにいろんなパターンがあるんでしょう。どれが正しいのか、どの話を信じていいのかわからなくなります》

《口裂け女の話でも、いろんなパターンがあります。助かる、助からない、こういうものに弱い、など、地域や時代によっても違っているんです。だから物語としてはどれも正しいと言える。とはいえ、あなたはノゾミくんの伝説を本当だと信じてるんですか。何度も書いているように、あれは一個人が作ったものですよ》

《信じているわけではないけれど、否定しきれないこともあって》

《復活後のノゾミくんの話のパターンは、私も調べました。枝分かれした理由もだいたい推測できます》

《理由？　教えてください》

《合わせ鏡の話、あれは最初の創作物にはありませんでした。既成の伝説の要素がくっついたものです。聞いたことありませんか？　合わせ鏡の中に未来の自分の顔が見えるとか、鏡の道を悪魔だの子鬼だのが通るとか。そいつを捕まえて願いをかなえさせるという伝説もあります。ノゾミくんの願いに応じないと殺されるというのは、オカルト色が強いほうが物語として面白いからでしょう。つまり脚色ですよ。しかもどんどん強く怖い脚色になっている。他人を巻きこむ話もそうだ。呪いが伝播していくタイプのホラーは人気です。あっちに行けと言って攻撃をかわすんですよね。災厄を友人や知人に肩代わりさせる、これは典型的なホラーの手法です》

脚色が強くなっていることは、逸子も感じた。最初の話、永瀬が語ったオリジナルのノゾミくんは怖くない。なのにどこかで、美咲たちを襲った今のノゾミくんに豹変（ひょうへん）したのだ。

それはいつ？　なぜだろう？

《メールアドレスを教えていただけますか？　当時のやりとりのログを保存してますのでそれを送りますよ。半年前にノゾミくんの伝説が再びネットに現れたころの記録も。ただし非公開でお願いします》

《ありがとうございます。永瀬さんは今後も、ノゾミくんの伝説をYouTubeで取り上げる予定はないんですか？》

《変化した創作物という意味では面白いと思っています。ただまだ材料がないのでね。だからあなたが新たな情報をつかんでくれるのではという期待を持っています。その後の進展を教えてください。それがログを送る対価としましょう》

克己とともに作ったフリーメールのアドレスを伝えた。すぐにデータがやってくる。ふたりで調べたものより精密だった。

最初に作られた伝説と、半年後に現れた新たなノゾミくんの伝説を、比べながら読んでいく。最初の伝説は「まず六人の願いをかなえる。そうすればノゾミくんが願いをかなえてくれる」だった。一方、今まで調べてきた伝説は「ノゾミくんに願いをかなえてもらう」か「ノゾミくんに願いをかなえてもらう。加えて、ノゾミくんの願いにも応じる」のパターンだ。

半年前に復活した段階では、「まず六人の願いをかなえる。そうすれば――」のほうと、条件をつけずに「ノゾミくんに願いをかなえてもらう」の両者が混在していた。しかし日が経つにつれ、「まず六人の願いをかなえる」が減っていき、ついにはなくなる。

願望を求める強さが噂を変えてしまい、とにかく自分の願いをかなえろとなったようだ。

もうひとつ、気になることがあった。古い日付のものは、願いの内容が偏っていた。志望中学合格に、内申点アップ、バレンタインデーにホワイトデー、……クラスの友だちと仲直りというものまである。この手の噂の発火点は学生が多いとはいえ、比較的低年齢、小学生や中学生を想起させるものばかりだ。共通点はなんだろう。

そうか。もしかして。

逸子は、改めて永瀬にメッセージを送る。

《お話を作った人の情報を聞きそこねていましたね。教師か塾の講師じゃないですか》
《ご明察ですね。どうしてわかりました？》
《志望中学合格というのが気になりました。最初のころの投稿は、生徒さんが多いようです》
《そうなんです。彼、ワタダヒデユキは塾の講師のようです。たぶんですが、教室で直接子供たちに広めたと思われます。やられました》
《お名前もご存じだったんですね》
《学習塾の名前もわかりますよ。優英（ゆうえい）研究舎というS県でチェーン展開している塾です。ただそこから先は個人情報という壁に阻まれました。半年前に再び噂が流れたとき、彼に連絡を取ろうと塾に問い合わせを出したのですが、一切答えられないと。住所も塩浜（しおはま）市までが限界でしたね。塾のメールアドレスを持っていないかと苗字や名前を組み合わせてメールも出してみたのですが、どれも届きませんでした》
　S県は近くの県だ。優英研究舎という学習塾の関係者も知っている。逸子は希望の光が見えてきたように感じた。

第六章　土曜日

1　逸子

やっぱりいない。集合ポストにも手紙が溜まったままだ。

逸子は軽鉄骨造りの簡素なアパートを調べていた。壁に吹きつけた水色の塗装がところどころ浮いている。雨は夜明けと共にやんだ。空中の埃が洗い流され、あらゆるものが眩しく光っている。

逸子は朝いちばんにレンタカー屋に飛び込んだ。S県塩浜市と津久勢市は、間に大きな湾をはさんでいる。中間地点には近辺の経済を集中させている都市があり、逸子もその都市の大学に通っていた。S県出身者も多かった。

永瀬とのやりとりを終え、優英研究舎に勤務する同級生に訊ねた。ワタダヒデユキ――和多田秀行（わただひでゆき）という講師はたしかに、別の学舎に在籍していたという。しかし和多田は一年前に優英研究舎を辞めた。当時三十七歳だ。その後、別の塾に勤務したようだが、受験シーズンが終わった後にそこも退職している。永瀬の説を受けるなら、そこで噂を広めたのだろう。

引越していなければという条件つきだが住所がわかったため、アパートまでやってきたところだ。集合ポストには和多田の名前があった。覗きこんだところ、チラシが何枚も入っていたが郵便物は見えない。

逸子はベランダ側の敷地に入りこみ、ジャンプして和多田の部屋を覗く。洗濯物はなく、カーテンは閉められている。

「あんた、誰ね」

低いだみ声がした。逸子が借りた赤い車のそばに、腰をくの字に曲げた七、八十代くらいの女性が立っていた。


潮の香りがそここに漂っている。

その病院は岬のそばにあり、クリーム色の建物のロビーにも廊下にも、潮の香りが充ちていた。九階建ての病院の四階より上が入院病棟だという。アパートの大家を名乗る女性から聞いた四人部屋の一番窓際のベッドに、痩せた男が横たわっていた。

シーツから出た手首がくすんだ色を見せていた。手の甲に貼られたガーゼから点滴の管が見える。別の管も胸元に伸び、パジャマの内へと消えている。筋が浮いた首の上には、肉のない顔。眼窩のくぼみのせいで、頬骨がより高く見える。

「そうですか。それでわざわざ遠いところまで」

逸子の用向きを聞いた和多田秀行は、かすれた声を出した。

　逸子は脇におかれたワゴンに目をやった。プラスティックのカゴの中に何種類かの薬のシートと、ビロード張りのなにかのケース、女性もののコンパクト。何冊かの本、そして写真立てがふたつ置かれていた。ひとつは三人が並ぶ家族写真、もうひとつは同じ服を来た子供の写真だ。笑っている。上半身のアップとあって欠けた前歯まで見えた。胸には赤い造花。そのそばに名札もつけていた。

　わただのぞみ。

「息子の希（のぞみ）です。希望の希の字でのぞみと読ませます。……小学校の入学式でした。これが最後の家族写真になりました」

　家族写真の背景に見える立て看板の年号は、一年前だった。

「妻の実家の団地は、エレベータが古かった。管理会社は点検していたと言い張っている。まさかケーブルが切れて落下するなんて思わなかったと」

　和多田が笑った。薄い唇の下、歯茎までも痩せている。逸子は視線を下にそらした。左手が目に入った。皺の寄った細い薬指の根元が、少しだけ白い。カゴの中にあるケースは、そういえば指輪を入れるものだ。

「妻は即死でした。希は、意識のないまましばらく生きていました。いつか目が覚めるかもしれない。そう願っていました。けれど、人間ってひとつの器官が壊れると、次々と壊れていくものなんですよね。希をつなぐ管が一本、また一本と増えていき、そして、あっけなく逝（い）ってしまった」

和多田が息をついた。逸子は口を開く。

「わたしも早くに父を亡くしました。奥さまとお子さまを亡くされたお気持ちは想像できます。でも、それと和多田さんが作ったノゾミくんの都市伝説とは、どういう関係があるんでしょう」

「関係、ですか」

和多田がゆっくりと窓の外を見た。しばらくそのままでいて、再び逸子に視線を戻す。

「どうして人は、子供を作るんだと思います？」

逸子は突然の話の転換に戸惑った。和多田の乾いた声が続く。

「私は思うんです。人は自分のことを覚えていてほしくて、次の世代を作るんじゃないかと。一個の人間は死んでしまったら終わりだ。でも、子供は親のことを覚えている。親になった子供は、その親のことを子供に伝える。彼にとっては祖父母のことをね。そして伝えられた子供がまた親になり、また親になり、と永遠に続いていく。以前、どこかの科学書で、生物は遺伝子の乗り物だという話を読んだ。自分の情報を子孫へ子孫へと伝えていくのだとね。けれど、それだけじゃなく、自分を忘れないで欲しい、自分が生きていたことを誰かに覚えていて欲しい、そんな気持ちもあると思うんですよ」

「覚えていて欲しい……」

「あなたはお父さんを亡くされているとのこと、お悔やみ申しあげます。ただ大半は、親は子供より先に死ぬものです。あなたにお子さんが生まれたら、あなたはお父さんのことを伝えるでしょう。そうやってお父さんのことは誰かの記憶に残っていく」

和多田が言葉を止めた。吐息とともに続ける。

「けれど、先に子供に死なれたらどうなるんでしょう」

「どう……？」

「私、胃癌（いがん）だそうです。希や妻のことで自暴自棄になって、酒に溺（おぼ）れて体調を崩したただけだと思ってたんですけどね。長くなさそうです。告知されて、最初に思ったのが希のことでした。私自身はもういい。友人や生徒、つながりはそれなりにあった。彼らが生きている間くらいは私を覚えていてくれるでしょう。けれど、希は違う。私が死んだら、希のことを覚えている人はいなくなる。あなた、幼稚園の友だちのことを覚えてますか。六年ですよ、たった六年。小学校に入ってすぐなんです。そんなに短く人生を終えた人間を、誰が覚えていると思います？」

「だから話を作って、噂を流したと？」

逸子が問う。

「……希のことを、覚えていて欲しかった」

「覚えて……って。あなたの作った話のせいで、みんなとても困っているんです。

あなたの息子さん、希くんだって化け物のように言われて」

逸子は声を荒らげた。

「誤解しないでください。私が作った話は、あなたが言ったような怖い話じゃない。あの永瀬さんにも聞いたんでしょう。まずは他人の、誰かの願いをかなえてあげるんです。友だちの願いが現実のものになった。それはノゾミくんのおかげらしい。自分もノゾミくんに願うために、他人の願いに耳を傾けよう、と。人の交際範囲は狭い。自分の近くにいる六人の願いをかなえれば、すぐに自分に戻ってきます。そうやって自分の願いもかなう」

「それで、六人ですか？」

「ええ。六次の隔たりという言葉を知っていますか？　人は六ステップ以内でつながることができるという考え方です。友だちの友だちの友だちの、と辿っていくと、世界中の人とだってつながることが可能だという仮説です。それで六人です」

「……それはつながるだけで、戻ってこないのではないですか？」

「ではこちらはどうです？　幸福の手紙。昔、そんな名前のチェーンレターが流行ったことがあるんです。匿名で五人の相手に『幸せになれる』という葉書を送る。自分の送りだした葉書が、いつの間にかまた誰かの手によって戻ってくるという」

「知っています。いろんなパターンがありますよね。手紙は匿名だったり、実名にして後から自分に戻るようになっていたり。それに――」

逸子は言葉を止めた。五人に出せば幸福になる。でもストップさせてしまうと止めた人に不幸が訪れる、そんな話もあったはずだ。

幸福の手紙のはずなのに、どこかで不幸の手紙に変貌していくのはなぜなんだろう。

「私は希の名前を、どこかにいるかもしれない親切な少年の代名詞にしたかった。あの子の名前を人々の記憶に残しておきたかった。漢字の希ではなくノゾミとしたのは、どこかにいるような、ふわっとした存在にしたかったからです。希は優しい子でした。生きていれば、みんなの願いを受けとめているでしょう」

誰かの願いを託す存在。

最初は本当にそれだけだったのか。息子の名前を残すためという身勝手さはあるけど、この人は善意のつもりだったんだ。

善意の、けれど危うさを持ったお話。

「希くんがなにを願っていたのかわかりませんか？　わたしはそれを探しに来たんです」

「……希自身の願いですか？　いいえ。私が作った物語のノゾミくんは、誰かの願いをかなえることしか考えていません。そんな人間です」

「なにかないですか？　思い出してください。大きくなったらなりたかったものとか、欲しがっていたものとか」

「大きくなったら、ですか。……なりたいものは日々変わっていたし、いまさらそれが希の願いなんでしょうか。もう希が成長することはないんですから」

和多田はまた、少年の写真に視線を移していた。そのまま話を続ける。一年前、自分の作ったノゾミくんの伝説を広めようとして永瀬に看破され中断したこと。優英研究舎を退職後、治療と再発を繰り返しながら小さな学習塾に勤め、生徒に伝説を広めたこと。

春を迎えたあと倒れ、再び入院した和多田は、変化したノゾミくんの伝説が増殖しているのを知らずにいた。

「遠山さん。ノゾミくんの願いに応じないとひどい目に遭うだなんて、そこまで変わってしまったとしたら、それは希じゃありません。希が人を傷つけたり取り憑いたりするなんて考えられない。希が誰かを恨むはずがない。子供のまま死んだ希が」

「ノゾミくんはなにもわからないまま、伝説にひきずられて呪いを撒き散らしてるのかもしれません。和多田さん、なにかないですか？　ノゾミくんを鎮める方法」

「鎮めるなんて言われても。無理ですよ、私にはなにもできない。……私が一番わかっている。ノゾミくんの伝説は作り話なんですから。希自身に特別な力はない。なによりあなたの教えてくれた今の伝説は、私の希じゃない。合わせ鏡を作る、ですか？　そんなことで希に会えるものなら、いつでも作りますよ」

和多田はプラスティックのカゴからコンパクトを取った。妻のものです、とつぶやく。少し考えて、スマホのカメラを自撮りモードにした。

「和多田さん？　やめたほうがいいです。ノゾミくんを呼んではだめ」

和多田が笑顔で、合わさった鏡を眺める。

「ノゾミくん、こっちにおいで。……会えるものなら会いたいんだ。本当に」

潮を孕(はら)んだ風が病室を駆けぬけた。

逸子の頬になにかが当たる。カプセル薬のシートだった。

浮いている。

風に飛ばされたのではない。そばのワゴンにあったものが、宙に浮かんでいた。

「な、なに？」

逸子がつぶやく。

その声をめがけて、本が飛んできた。

「痛っ」

潮の香りは、いつの間にか強くなっていた。病院は海のそばで、潮の香りはそこここに漂っている。

いるんだ。ここに。この病室のどこかに。この空間に潜んで、空気のどこかに混ざって、ノゾミくんが、たしかにいる。

——ノゾミくんは、本当にいる。

写真立てが浮いた。和多田が反射的に手を伸ばす。

「危ない！」

和多田を庇うようにして、逸子はベッドに倒れこんだ。重なってシーツに伏せる。和多田のいた場所をめがけて、写真立てはまっすぐに飛んできた。当たる場所を失い、壁に激突する。ガラスが砕ける。少年の顔にヒビが入った。

「和多田さん、だいじょうぶですか」

突然、和多田の身体が跳ねた。逸子の身体を払いのける。

すう、はあ、すう、はあ、すううう。

不自然な呼吸を繰り返し、骨と皮しかない身体のどこから出したのかと思うほど強い力で、激しくうねり、和多田は跳ねる。

点滴の針が飛んだ。ドレーンの先から液が弾ける。逸子は床に座りこんだ。

「ぐっ、うおっ。……ノゾミ、……ノゾミは。げふっ、おー、まー、えー。……ノゾミ」

「美咲ちゃんと同じ……。ノゾミくんが入っている」

和多田が咳きこみ、皺だらけの手で自らの首をかきむしった。喉の奥から、息とも悲鳴ともつかないひしゃげた音が漏れる。逸子は慌てて和多田の手をつかんだ。

「やめて。やめなさい、ノゾミくん。自分のお父さんでしょ」

「……どうし、……果たし」

しぼりだすような、声。

「……約束。のぞー、げふっ、みー。……願い」

「話さないで、和多田さん。ゆっくり息をして」

逸子は手を伸ばし、ナースコールのボタンを押した。

「……ノゾミ。……早く。ぐぶっ」

和多田が白目を剝いた。倒れこむ。そのまま動かない。

カーテンに誰かの手が伸びた。同室の患者が怯えた目を向けている。乱暴な足音が飛びこんできた。白衣の男性と女性が現れ、和多田に駆けよる。

2　真司

「昼飯食ってきた？　こんなに天気がいいのに面倒だよな。学校に来てるの、おれたちのクラスだけだし」

真司はそばを通った男子生徒に声をかけたが、相手はそのまま席に着いた。聞こえなかったんだろうか。それとも無視されたんだろうか。もっと大きな声で言えばよかった。くそっ、こんな卑屈なことを考えてしまうのもオヤジがおれを疑っているせいだ。おれはなにもやっていない。堂々としていろ。

教室の椅子は埋まりかけていた。クラス委員がメモを手に黒板の前に立つ。早川の名前に続けて通夜の時間と場所、葬式の時間と場所を順に書いている。

前方の扉が開いた。担任の千田がゴリラのように前かがみで歩いてきた。黒板の前にいたクラス委員が話しかけたが、千田は席につくよう目で指した。不機嫌そうだ。

「しゃべるな。先に言っておく。私語は厳禁」

そう言ったくせに、千田は口を開かない。生徒が不審げに目配せを交わす。やがて千田が低い声で告げた。

「菊地が死んだ」

教室がざわめいた。生徒たちは驚きを口にしている。

「黙れ。しゃべるなと言ったばかりだぞ。静かにしろ」

千田が黒板を叩いた。葬儀会場の名前が揺れる。真司はそれをぼんやりと見つめる。

死んだのは早川だよな。そこにもほら、早川の名前が書かれてるよな。けどさっき、千田は菊地って言ったよな。

「目を閉じろ。下を向け。誰にも言わない。昨日、夜の十一時以降に外出したもの、手を挙げろ。そのなかで、坂下町(さかしたちょう)の公園の近くに行ったもの、手を挙げろ。そのなかで……」

千田の声が響いた。

ばかじゃないか。こんな場面で、手なんて挙げるヤツがいるかよ。

生徒の全員が思っていることを、真司もまた思う。

千田の言葉は続いた。今朝早く、死体が発見された。発見者は犬の散歩に来た近所の老人で、菊地はブランコの前の砂場に倒れていた。ブランコの支柱はねじれて折れていたと。

小さな悲鳴がいくつか聞こえた。

ブランコってなんだよ。そばを通っていて頭にでもぶつかったのか？　なんでそんなとこ通るんだ。支柱が折れたってのは錆びてたのか？　いや、錆びたからってねじれたりはしないだろ。よほど強い力でひねらない限りは。

……そんなの、人間にできることだろうか。

千田の話はなお続く。菊地と誰かの間に諍いはなかったか。ほかのクラスやほかの学年でもかまわない。ほかの学校はどうか。不良グループとつきあっていなかったか。

言葉が、真司の耳を素通りする。

ノゾミだ。

他に誰がいるんだ。早川がやられた。菊地がやられた。ノゾミがやったんだ。ノゾミに願ったのはおれだ。おれが、ふたりをおれの前から消してくれと願ったんだ。

おれが、……願った。

教室の扉が開いた。学年主任が千田を呼ぶ。千田は主任と話したあと、再び黒板の前に戻って「静粛」と書いた。

「すぐ戻る。しばらく待っているように。静かにな」

千田の姿が廊下に消えたとたん、教室のざわめきは爆発した。

「ちょー、ありえねえ。どういうことよ。続けてふたりだぜ」

「先生の話だと、殺されたってことだよね。あたしたちを疑ってんの？　サイテー」

「殺されたのは菊地くんだけでなく早川くんも、じゃないでしょうか。僕、昨日商店街の人に聞いたんですよ。早川くんはボコボコに殴られていたそうです」

気取り屋の片山(かたやま)の声がした。

「まじ？　詳しく聞かせろよ」

「現場周辺には遺留品があったそうです。誰かの生徒手帳がね」

片山が得意げに話しはじめる。探偵気取りかよと、真司は苦々しく思う。

「誰かって、誰だよ」

「推理力を働かせましょうよ。今、生徒手帳を持っていない人間に決まってるじゃないですか」

片山が音頭を取り、それぞれ、机に生徒手帳を出すことになった。真司の生徒手帳は警察が持っている。出しようがない。

問われて答える。

「盗られたんだ。知らないうちになくなっていた」

「忘れたじゃなくて、盗られたなの？　誰に？」

「そういえば、富永くんが一番、彼らに恨みがありそうですよね」

女子生徒に続き、片山が言った。

それはおまえもだろう、片山。おまえは一年生のときにあいつらにいじめられてたよな。おれが庇ってやったんだ。おれが先生に報告したんだ。そのせいで、おれがヤツらの標的になってしまったっていうのに、その態度はないだろう。

「おれは知らない。おれにはアリバイがある」

「うわー、アリバイだって。用意周到ですね。まるでミステリ小説だ」

「違うって言ってるだろう。おれじゃない！」

真司たちの言い争いを、周囲の生徒たちは引いたようすで見ている。

どうしてこんなことになるんだよ。落ちていた生徒手帳はたしかにおれのだけど、盗られたんだよ。盗ったのはきっと早川たちだよ。おれじゃない。おれはただ――

願っただけだ。

「やめなさいよ、みんな。静かにしてないと先生に怒られるよ。富永くんひとりでできることじゃないじゃん。先生も訊ねてたでしょ。集団で襲われたんだよ。だって誰がブランコなんて折るのよ」

クラス委員が金切り声で言う。

「昨日、久瀬浦海岸からゴジラが上陸したとか」

誰かがウケを狙って発言した。反応はない。

「ノゾミくんかもしれない……」

女子生徒がつぶやく。だって、と続けた。

「お姉ちゃんが行ってる学校で、津久勢高校で、一年生の女の子が死んだんだって。ノゾミくんに殺されるってメッセージを残して、屋上から落ちたんだって。自殺するような子じゃないって、親友が言ってたらしい。ホントに本当だよ。つい数日前のこと。ノゾミくんならブランコだって折るかもしれない」

「ノゾミくんって、あのノゾミくん？　海のそばで願いごとをするとかいう」

「お姉ちゃん、言ってた。誰かがその女の子を殺すよう願ったんじゃないかって」

再び教室がざわめきだした。激しく強く、言葉が弾け飛んでいる。

それが、オヤジの言ってた事件なんだろうか。

「じゃあ、菊地と早川もそうなのか？　誰かが願ったのか？」

「誰がだよ」

「そりゃ、誰かさんだろ、ヤツらを恨んでいる誰かさん。それならアリバイはいらない」

「商店街の人、こうも言ってたんですよね。倉庫の金属バットが、早川くんの身体の上に落ちてたって。サッカーボールや段ボール箱、いろんなものがめちゃくちゃだったって。まるで台風の後みたいだったそうですよ。ノゾミくんならできるのかもしれませんね」

片山が賢しらに語る。

真司は、自分の血がすべて足元に落ちていくように感じた。

どうしよう。どう言えばいいんだ。おれはただ、ヤツらから逃れたかっただけだ。おれはただ、願っただけなんだ。死ぬなんて思わなかったんだ。

真司はかぶりを振った。横に何度も、何度も振った。耳がぼんやりとして、音が聞こえなくなるまで、振り続けた。誰かが肩を触ってくる。

「おれじゃない。おれじゃない。知らない。おれじゃない」

真司は叫ぶ。激しく、強く。

そのまま真司は石になった。ただ前を見つめ、動かない。

取り囲んでいた生徒が真司から離れていった。密やかな陰口はまだ聞こえる。針のような視線はまだ向けられている。ふと、背後に人の気配を感じた。

「ねえ、神様っているんだなって言ったよね、富永くん。昨日、早川くんが入院したって聞いたとき、そう言って笑ってたよね」

小声で問いかけてきたのは釘宮だった。

「いや、それは」

「あれ、どういう意味？　それが、……ノゾミくん？」

「違う、それは……、信じてくれ」

釘宮の目は怯えていた。

誤解だよ。ひとりぐらい信じてくれよ。せめてひとりぐらい、味方でいてくれよ。

信じてくれ。違うんだ。おれじゃない。おれが殺したわけじゃない。

けれど、おれは知っている。おれ自身がよく知っている。

願ったのは、おれなんだ。

3　美咲

いい天気だなあ。きれいな青空に写真みたいな雲が浮かんで、海もキラキラしてる。

……やっぱり今日にしよう。最後に見る景色はきれいなほうがいい。お兄ちゃんは車椅子に乗せて運べばいいよね。散歩させてあげるってタクシー拾って。お兄ちゃんごめんね。あたしのせいでごめんね。でもこれからずっと一緒にいるからね。

美咲はゆっくりと、今来た道を戻っていった。アスファルトの道路が太陽に揺らめく。潮風が髪をなぜる。

最初に見た場所が一番いいポイントだ。こっちのほうだと風で押し戻されて、岩にひっかかっちゃいそう。それは痛いから嫌。落ちるなら海じゃないと。月曜日にノゾミくんに願った洲原の浜が近いのが気になるけれど、やっぱり、直接海へと落ちられるところじゃないと。

美咲の足が止まった。ガードレールの向こう、海に突き出た崖の上に人がいた。その少年はいくども海を覗きこみ、一歩下がっては、また覗いている。

「なにしてるの？」

ついきつくなってしまった声で、美咲は少年に呼びかけた。少年が振り向く。

「来るな。寄るなよ。飛び降りるぞ」

少年が叫んだ。しかし足は止まっていた。つま先が内側に向き、震えている。

「飛び降りてもいいけど、その場所はやめてくれない？　あたしが先に目をつけてたんだから。あたしの場所なんだからね」

少年が美咲を、じっと見つめてきた。

「じゃあ、君の願いも現実になったの？　君も居場所がなくなっちゃったんだね」

真司と名乗った少年が、風に消えそうな声で言った。

「居場所？」

「だってもう、君の味方はいないんだろ。おれもそうなんだ。せっかくあいつらがいなくなったのに、おれに味方してくれるヤツは誰もいない。ひとりきりなんだ」

「一緒にしないでよ。あたしにはお兄ちゃんがいる。眠ったままだけど、あたしの味方なの。でもお兄ちゃんを残してあたしが殺されるわけにはいかない。由夢みたいな目に遭うのもいや。血だらけで、傷だらけで。あたしは海の底で、静かに沈んでいたい。ノゾミくんに殺される前に、ふたりで美しく死にたいの」

「なんで君がノゾミくんに殺されるんだ？」

「あんた知らないの？　願いが現実のものになったら、あんたも殺されるんだよ。ノゾミくん、やってこなかった？　ノゾミくんの約束を果たしたかって訊かれなかった？」

「そんな話、聞いてねえよ。ノゾミくん、来てないよ」

「なにそれ。なんであんたの所には、見返りを求めにこないの？」

不審そうに、真司が濃い眉をひそめた。しばらく考えている。

「その約束って、どんなものなんだ？」

「……わからない。一応、逸子先生が調べてるけど」

「なんだ。お兄ちゃん以外にもいるじゃないか、味方になってくれる人」

「味方じゃない。逸子先生はお兄ちゃんのために調べてるだけ。お兄ちゃんさえ助かれば、あたしのことなんてどうでもいいに決まってる。昨日から全然連絡ないし。いつまで待ってればいいのよ。いつまで怯えてなきゃいけないのよ。ほら見てよ。この首の傷」

美咲は包帯をずり下げた。細く白い喉に浮かぶ傷跡を触る。

本当はわかっている。ノゾミくんを呼んだのはあたしだ。あたしがノゾミくんに殺されるのは自分のせいだ。逸子先生から連絡がないのは、今も捜してくれているからだ。でも逸子先生が答えを見つける前に、あたしは殺されるかもしれない。あたしがいない世界で、逸子先生と助けられたお兄ちゃんとが仲良くしているなんて、我慢できない。

「いいな。おれには誰もいない。あいつらがいなくなって、他のヤツらも喜んでいるはずなんだ。今までだって、おれが犠牲になってたんだ。それなのにみんな、おれを非難する。おれが救ってやったっていうのに。オヤジだっておれを疑ってる。おれのこと、なにもわかろうとしないくせに、自分の考えを押しつけて」

「お父さんにも信じてもらえてないの？　それはかわいそうだね」

「オヤジはおれがやったと思っている。……たしかにおれのせいだよ。でも、おれはただ、願っただけなんだ。あんな結果になるなんて思わなかったんだ」

真司の声が震えて聞こえた。

「それはあたしもだよ。願っただけ。でも、あたしが願った内容とは全然違うの。お兄ちゃんを傷つけることになるなんて思ってもいなかった。わかってくれる？」

「わかるよ。君はお兄ちゃんを奪われたくなかったんだよな。お兄ちゃんが好きなだけだったんだろ」

そうだよ。ただ、それだけなんだ。

逸子先生も言っていた。「相手を好きな気持ちが強いと、他の人を見ないでって思うよね。好きだという気持ちを、違う形で願いにかけた、それだけだよね」と。

逸子先生は、あたしのどうしようもない気持ちをわかってくれている。でも見透かされていると思うと悔しい。思惑通りに動いてやるもんか、と思う。

「おれたち、ただ願いをかけただけなのに、どうしてこんなことになっちゃったんだろ」

真司がつぶやいた。目の端が光った。ぎこちなく笑っている。

「でも、よかった」

「……なにが?」

「一緒に死ぬ仲間がいて」

真司が手を伸ばしてきた。張りついた笑いが、顔いっぱいに広がっている。

美咲はあとじさった。

「やだよ。あたしはお兄ちゃんと一緒に死ぬの。あんたとなんて死なない」

「じゃあ三人で死のうよ。おれ、君のお兄ちゃんを病院から連れてくる手伝いをするよ。ひとりじゃむずかしいだろ」

「いい、いい。だいじょうぶ。あんたはひとりで死んで。この場所はあんたにゆずるから」

「なんでだよ。なんでみんな、おれを避けるんだよ！」

真司が叫んだ。腕を広げて一歩を踏みだしてくる。美咲は更に下がった。海が迫る。左足が岩の突起に乗り上げた。

岩の表が砕けた。海へと落ちていく。

美咲の身体は宙に浮いていた。細い足が揺れている。地上につなぎとめているのは真司の手だけだ。

「あ、ついつかんじゃった。ごめん、死ぬんだったね」

「死なない！　死ぬのは今じゃない！」

「海の音、聞こえるね。君を呼んでるみたいだ」

「なに言ってるのよ。引っ張り上げてよ。早く」

「おれも一緒に行くよ。君のお兄ちゃんも探して連れてくよ」

「絶対、嘘だ。やめて！　ダメ、ダメだからね。離さないで。絶対に絶対に離しちゃヤだからね」

「順番が違うだけじゃん。死ぬんじゃなかったの？」

「あたしはいい。怖いからいいっ。やだーっ。やめてー、助けて。誰かっ」

美咲はもう一方の手で岩肌をつかんだ。力を入れた途端、脆くも砕けた。足元のはるか下、海に消えていく音がした。

4　逸子

――時間は昼前へと遡る。

病院の駐車場に置いていた赤い車は、太陽にさらされていた。ドアを開けたとたん、熱気が襲う。なのに逸子は震えが止まらない。和多田の病室で見た光景が、逸子の体温を狂わせてしまった。駆けつけてきた医者になにがあったのかと訊ねられたが、答えようがなかった。

わたしがノゾミくんを連れていってしまったんだろうか。

……ということは、今もここに？

逸子は振り返った。狭い車内を慌しく見回す。

心臓が身体中をはね回るような気分だった。特に変わったところはない。だいじょうぶだ。そう自分に言い聞かせるが、どんどんと汗がにじんでくる。いやこれは暑さのせいだ。

ノゾミくんなんていない、そう信じたい反面、訴えを聞いてほしい気持ちもある。

「……ねえ、ノゾミくん、そこにいるの？　わかったでしょう。あなたはエレベータの落下事故で死んだんだよ。お医者さんたちはがんばって治療したけど、それでも亡くなってしまったんだよ」

低い天井を眺めながら逸子はつぶやく。

「あなたがいつまでもこの世界にいるのは、お父さんの和多田さんがあなたのための物語を作り、伝説が生まれてしまったからなんだよ。あなたは誰かの願いを託す存在。だから、あなた自身の願いを誰かにかなえさせるとか、その約束を果たさないから殺すとか、そんなの全然違うんだよ」

額に、汗で髪が張りついた。それでも足りず、滴が垂れる。

「ねえ、聞いてる？　お父さんのこと、怒ってるの？　だからお父さんを襲ったの？　なにか反応しなさいよ。ねえ！」

逸子は叫んだ。しかしなんの反応もない。疲れを感じ、熱いハンドルに顔を伏せた。

わたしは美咲に約束した。ノゾミくんの願いをつきとめてやると。だから克己と共に待っていてと。怖がっていちゃダメだ。

わたしは克己になにもしてあげられていない。……だから。

逸子は息を整え、美咲に電話を入れた。携帯の番号を聞きそこねたままなので自宅のほうだ。誰も出ない。病院に行っているのだろうと気持ちを納得させた。

ノゾミくんはいる。

和多田が望んだ形ではなく、伝説に引きずられた形でノゾミくんは存在している。

ノゾミくんは今、なにを考えているんだろう。

自分に願った人に取り憑いてまで実現させたい願いとはなんだろう。すでにもう、和多田が考えていた「誰かに向けての六つの願い」ではなくなっているんじゃないだろうか。

美咲たちがノゾミくんに願ったのは、洲原の浜だ。取り憑かれたとしたら、きっとそこだ。行ってみよう、最初の場所に。

逸子は車のアクセルを踏みこんだ。街を抜け、高速道路へと乗りこむ。小さな赤い車体が、びりびりと風の音を立てながら制限速度を超えて走る。

太陽は天頂に輝き、前方には海が煌いている。アクセルを踏み続けてようやく、津久勢市の高速の出口に辿りついた。

久瀬浦の海岸沿いの道は混んでいた。晴天の土曜日、人々は海を眺め、近辺の店で食事を楽しむ。そんな渋滞を抜けると同時に道は砂浜を離れ、山手へと入った。勾配が急になり、岩と崖が見え、雑木林が道にかぶさる。崖が目の前に迫り、一瞬、海が見える。青い色が眩しい。

後方から、スピードを上げた車が抜いていった。

カーブの多い道でずいぶん無茶を、と思ったら意外と丁寧に右折のサインを出し、道沿いの店の駐車場に入っていった。すぐさま助手席のドアが開き、鬼瓦の顔の男性が出てくる。運転席からは丸顔の男性。ふたりはうなずきあい、店へと歩いていった。

あの刑事だ、と逸子は思いだした。ノゾミくんに取り憑かれた美咲を、乱暴な手段で正気に戻した人、たしか富永といった。

逸子は通り過ぎがてら、駐車場の入り口にある丸太を組み合わせたプレートを見た。カフェフォレスト。美咲たちに呼びだされた店だ。

そういえば富永は言っていた。教師のくせにあのバカOLたちみたいなこと言わないでもらいたい。事件がおおげさになる、と。あの人は、ノゾミくんに関する別の事件を知っているんだ。

逸子は車をUターンさせた。洲原の浜はあとにしよう。

店から、満足そうに笑う男女が出てきた。彼らと入れ違いに逸子が入店すると、富永ともうひとりの男性が迷惑げに見てきた。逸子は時間を確認する。一時五十分。他の客はいないけれど、ランチタイムはまだ残っている。

「山本」

富永が短く言い、顎をしゃくった。山本と呼ばれたもうひとりが逸子へと近づいてくる。

「すみませんがこの店は昼の休憩に入ります。他のお店に行っていただけますか？」

「表に書かれていた昼休憩の時間まで、まだ十分ありますよ。わたし、すごくお腹がすいているんです。なによりおふたりはお店の人じゃないですよね」

逸子はカウンターのそばにいる富永へと視線を移す。

「富永さんでしたよね。わたしのこと覚えてますか？　病院でお会いしました。津久勢高校の遠山です」

富永が口を開く前に、緊張感のない柔らかな声が聞こえてきた。

「みなさまカウンターでよろしいんですか？　テーブルも今なら選び放題です」

水を置きながら、マスターがにこやかに言う。しかし誰も座らない。食事をと言ったものの、逸子も立ったままだ。マスターは続けた。

「そういえば富永さん。昨夜、警察の別の方からお伺いしました。真司くんのお父さんだそうですね。親御さんにご挨拶しないままお手伝いいただくことになってしまい、失礼しました」

富永がいっそう渋い顔になっている。逸子はかまわず呼びかけた。

「富永さん、お伺いしたいことがあるんです。単刀直入に申します。ノゾミくんのことです。菅野さんのほかにも、ノゾミくんに殺されたと思われる事件をご存じなんですよね。わたしもいろいろ調べてきたんです。どうしてあんな都市伝説が生まれたのかを」

富永がカウンターを叩いた。

「いいかげんにしてくれませんかね。我々が扱っているのは、現実の、ちゃんと説明のつく事件なんだ。与太話(よたばなし)と一緒にしないでください。出ていってくれないか」

　そう言って、マスターに向きなおる。

「この人を追いだしてくれませんか。さもないとあなたが困ることになりますよ」

　話を振られたマスターが、不思議そうに逸子たち三人を眺めてくる。

「僕が、ですか？　僕が困るのは、今日のランチに用意した食材が余ってしまうことです。いかがでしょう。ちょうど三人分ほど残っています」

　富永はマスターを睨んだ。

「結構です。では自分たちの用を済ませることにしましょう。後で人権侵害だなどと訴えないでくださいよ。小澤さん、あなたは能美静香から、本多アサミとの間にトラブルが起きていると聞いてませんでしたか？　本多というのは我々が聞き込みに訪れたときに食事に来ていた女性です。長い髪をした、能美さんの同僚のひとり」

　能美静香？　どこかで聞いた名前だと、逸子は訝った。

　小澤と呼ばれたマスターが口を開く。

「存じません。けれど、心ない言葉を話されてましたね。能美さんが亡くなったことを楽しむかのような」

「実はあの日、能美さんのスクーターのライトが壊されてましてね。やったのは本多のようです。指紋が検出されました。本多は能美さんをいじめて楽しんでいたらしい。まさかそのせいで能美さんが事故を起こして海に投げ出されるとは、思ってなかったんでしょうが」

「もしかしてその人もノゾミくんに殺されたんですか？」

逸子は口を挟んだ。

富永は逸子をひと睨みしてきたが、そのまま無視する。逸子は山本の腕を引っ張った。富永が話してくれないなら、こちらから訊くまでだ、と。

山本が富永と逸子を見比べ、困った顔になる。

「相手にするな、山本。ぬいぐるみか人形だとでも思え。話を戻しましょう、小澤さん。もう一度訊ねます。あなた知ってましたか？　ふたりの関係を。能美さんの事故死の遠因が本多にあったことを」

「いいえ。……でも、それはひどい話ですね。ずいぶんひどい人だ」

「そうでしょう。憤りを感じますよね、本多に」

「ええ」

「だから殺したのか。能美さんの復讐（ふくしゅう）をしようと」

嚙み砕くようにゆっくりと、富永が告げた。その口調が変わっていた。

富永が、真剣な顔で小澤の目を覗きこむ。一方の小澤は、ぼんやりと富永を眺めていた。

「おっしゃっていることが、わからないのですが」

「わかるまで何度でも言おう。能美さんの事故死の遠因を作ったのは本多だった。能美さんが本多にいじめられていたことを知っていた人間が、本多を問い詰めた。

しかし本多は無視して逃げた。最終的には車道に突き飛ばされた。本多が死んだのは火曜の夜九時だ。ここ、カフェフォレストはすでに閉店している。あなたはひとり暮らし。誰かその時間に一緒にいた人間がいますか？」

逸子はもう一度山本の腕をつかみ、揺らした。山本はしぶしぶといった表情で、新聞に載ったことだけだと、概要を語ってくれた。

目撃者のいない交通事故。誰かに追いかけられたかのように車の前に出てきたという運転者の証言。けれど防犯カメラには被害者本人しか映っていなかったという。

富永は、突き飛ばしたなどとおおげさに言って、小澤を揺さぶっているのだろう。事故か、自殺か、殺人か、真実がつかめない。由夢の状況と似ているじゃないか。

富永に迫られていた小澤が、ようやく腑に落ちた表情になった。だがいっそう不思議そうな声で訊ねる。

「いったいどうして僕がそんなことをするんです？　能美さんは常連さんですが、単なるお客様ですよ」

富永が鬼瓦の顔のままで笑った。胸ポケットから紙を出す。

「役者だな、小澤さん。そう言えば信じてもらえると思ったかな。能美さんの交友関係は狭かった。だが友人がまったくいないわけじゃない。高校時代の友人とよくメールやメッセージを交わしていたらしい。でだ。これを、恋人の写真だと言って送ってきたそうだよ。能美本人のノートパソコンは水没したが復旧作業中だ。他にもっと見つかるだろう」

富永の手によって開かれた紙は、プリントアウトした写真だった。

逸子はつま先立ちで覗きこむ。

カフェフォレストの店内のようだ。わずかに距離を保ちながら男女が笑っている。左側が小澤。黒縁の眼鏡にカフェエプロンという、今日と同じスタイルだ。右側は前髪の長い痩せた女性。恥ずかしげにほほえみ、下を向いている。

小澤は、口を半開きにして写真を見ていた。富永が畳みかける。

「悪いが調べさせてもらいましたよ。小澤さん、あなた、ここに店を開く前に奥さんを亡くしてるんですね、海の事故で。あなたはこの店を見てもわかるように山男で、奥さんは逆に海の好きな女性だった。そんな奥さんはサーフィンに行って離岸流に巻きこまれた。遺体は上がらず、ここの近くの浜にボードだけが辿りついた。それが去年の夏のことだ」

逸子はつい店内を見回した。左の壁の中央に、オレンジ色の傷だらけのサーフボードが置かれている。森や山をモチーフとした店の中で、唯一の海の品物。形見、なのだろう。

「あなたは奥さんが死んだ場所に移り住んで店を開いた。とはいえ人間だ。やがて新しい恋がはじまる。隣に写った能美静香とね。ところがまた愛する人を亡くしてしまった。だが今度は単なる事故じゃない。原因を作った人間がいる。許せなかった。だからあなたはそいつを殺した」

　ひと呼吸置いて、富永が得意げに最後の言葉を告げた。

「本多アサミの鞄からあなたの指紋が検出されたんですよ。悪いが昨夜、真司のことを訊ねるついでに取ってきてもらった。改めて採取させてもらうが、一緒に来てください」

　しかし小澤はまだ写真を見ていた。ゆっくりと口を開く。

「すごいですね、刑事さんって。なんでも調べちゃうんですね」

「当然だ」

「でも違いますよ。妻のことや、店のことはその通りなんですけど、能美さんのことは、まったく違います」

「この期におよんで、なにを言い逃れするつもりだ」

　富永の声が苛ついている。

「だって、この写真」

「写真がどうした！」

「合成ですよ」

　富永が乱暴に写真を取りあげる。照明にかざして睨む。逸子も身を乗りだした。柔らかな光の中でほほえむ小澤と静香の色相は同じだ。

「嘘をつけ！」

「その写真、もともと僕だけが写っていたはずです。以前、能美さんにメニューの写真を撮ってもらったんですよ。ほらそのパウチの。最初は自分で撮っていたんですが、もっと上手に撮ってあげると言われて能美さんのスマホで。僕のスマホはもう古いものだったし、彼女はそういうのが得意だとおっしゃるので。じゃあ、と軽い気持ちでお願いしました。そのとき、ついでに撮ってあげるって言われてその写真も。待っててくださいね、僕のスマホにも移してもらいましたから」

小澤がスマホを取りだす。

「し、しかし、その友人はすっかり信じてたぞ。できたばかりの恋人がいて、やたらのろけていたと」

富永が写真を振りながら吠える。

「……正直、好意を持たれてるのかな、と思ったことはあります。なにかにつけて親切で、役に立ちたがる人でした。でも、こちらから話しかけるとうつむいてしまって」

「もしかしたら脳内恋人じゃないですか？　友だちに彼氏がいるって言ってみたかったのかも。そういう気持ちってあるじゃないですか」

山本が言った。おまえは黙ってろと富永がどなる。富永が、さらに何枚かの紙を取りだす。メッセージをプリントアウトしたもののようだ。

「じゃあ、このメッセージも妄想だっていうんですか。『つきあうキッカケ、聞きたい？　もうすぐ話すね』『耳たぶにキスを受けるのが好きなの、身体中が熱くなっちゃう』……う、こっちの身体が痒（かゆ）くなる。ほら、メッセージを送った人物の名前が左上に載っている。Shizuka Noumi とあるだろ。能美からのものだ」

「しずか、のうみ!?」

逸子は叫んだ。富永が迷惑げに睨んでくる。

「富永さん、それ、ちょっと見せてもらえます？」

「ダメです。遠山さん、あなたは部外者なんだから」

「じゃあ、こっちを見てください」

逸子は鞄からノートパソコンを取りだした。

起動させ、履歴データを呼びだして、あるＳＮＳのアカウントを画面に呼びだす。

「マーレ・トラン……ティス？　なんですそれは」

「マーレ・トランクイリタティスとは、月の海のひとつ、静かの海のことです。しずかのうみ。この人ですよ」

富永がいぶかる。

——六月十四日午後七時十五分
《夢の中のあたしは大胆だ。耳たぶにキスを受けて、身体中が熱くなってしまった。おかげで会うのが恥ずかしくて、着くのが遅くなった。どうしよう。まともに顔が見られない。願いがかなったら、きっと同じことがおきる。あなたの腕の中で融けちゃいたい。そばにいたい。ずっと。　#ノゾミくん待っててね》

——六月二十二日午後五時七分

《のぞみくん。昨日あなたの夢を見た。ああ、どうしよう。　#ノゾミくん待っててね》

——六月三十日午後六時一分

《願いは四つ目をかなえてあげてから止まってしまった。最初はいつだっけ。もうずいぶんと前。でも、あれのおかげだろう、名前を覚えてくれた。二つ目は、いつもの好きなものを覚えてくれた。三つ目、四つ目と進むにつれて、あたしたちの仲は深まっていったね。　#ノゾミくん待っててね》

「ノゾミくんの都市伝説を調べていて見つけたんです。ノゾミくんに恋愛関係のお願いをしています。これ、内容も表現もそのメールとそっくりじゃないですか」

小澤がスマホを探る手を止め、覗いてきた。

「……そう、かもしれません。いつもの好きなものというのは、よく召しあがるメニューじゃないでしょうか」

「『つきあうキッカケ、もうすぐ話すね』と友人に送ったんですよね？　まだつきあってないから話せないいんじゃないでしょうか。ノゾミくんに願いを実現させてもらう、つまり小澤さんとつきあえる日を待ってたんですよ」

「ノゾミくんに、ですか。あの、えーと、これは関係ないかもしれないけど――」

　小澤がなぜか苦笑する。

「待て待て。このＳＮＳのアカウントが能美静香のものだったら、どうだと言いたいんですか。小澤が恋人じゃないという証拠にはなりませんよ」

　富永が口を挟む。

「この人も、ノゾミくんに殺されてるかもしれないということです」

　逸子が最後の投稿日を指した。月曜日。克己たちがノゾミくんに願いをかけた日だ。

「毎日なにかしらつぶやいていた人なのに、この日からずっと沈黙しています。連絡をとりたいとリプライを送りましたが返事がありません。能美さんが亡くなったのは本当に事故ですか。本多さんって方も、ノゾミくんのせいじゃないですか？　他にありませんか？　自殺しそうにない人が死んだり、なにかに取り憑かれたようにみえたり、説明のつかない不思議な事故が起こったり」

　あ、と山本が叫ぶ。

「そういえばあの悪ガキたち。二件目の事件が起きたって言ってましたよね。聴取をした菊地って男子生徒が死んだと。あれってまさか」

　山本の耳を、富永がひっぱった。

「黙れ、山本。遠山さん、あなたもひっかきまわさないでください。小澤さん、早くそのスマホに移してもらったという写真を出してくれませんか。小細工をしてもバレますよ」

「すみません、なかなか見つからなくて。ああそうだ、パソコン。パソコンのほうだったかもしれない」

　小澤がカウンターの奥に置かれたノートパソコンに駆けよる。富永が逃がすまいとばかりに、ぴったりとそばにつく。

　そのとき逸子のスマホが鳴った。相手がかすれた声で名乗る。

「和多田さん！　だいじょうぶなんですか？」

　大声を出してしまい、富永に睨まれた。

　なんとか回復しました、と自嘲げな和多田の声が聞こえる。

「喉が痛くて、息が苦しくて、頭もガンガンして、心臓が握りつぶされるみたいになって止まるかと思いました。医者によると、ちょっとの間、本当に止まっていたそうです。そしたら出ていってしまいました、あいつ。あいつも苦しそうでしたよ」

「あいつって、ノゾミくんのことですか？」

「いいえ。あれがあなたの言うノゾミなら、私の希とは違います。あれはまったく別のものです。そのことを早くお知らせしなくてはと思って、電話をさしあげたんです」

「和多田さん、ノゾミくんは変化してるんです。都市伝説が人の口を経るごとに形を変えていったように、あなたが作ったノゾミくんも、もとの希くんから変わってしまったんです」

「違います。あれはまったくの別人です。私にはわかる」

　別人……？

「あいつは私の中に入ってきて、頭へと直接語りかけてきました。私の頭に、思念を押しつけてきたんです。あいつは言いました。ノゾミくんが作り物だなんて嘘でしょうと。ずっと信じて、ノゾミくんが現れるのを待っていた自分はどうなるのと」

「ノゾミくんが現れるのを待っていた、ですか？」

「ええ。希とは別の人間、別の存在だからそういう言葉が出たんじゃないですか？　ノゾミくんのそばにいたい、それだけが願いだったのに、と」

　和多田は弱い声をしていたが、はっきりと言った。

「あれは、私の息子の希じゃありません。あたしのノゾミくん、そう言ってました」

　あたしのノゾミくん？

「それはどういうことですか？」

「すみませんがそれはわからないです。……ああっ、す、すみません。……はい。

「……あの、遠山さん、申し訳ありません。病室に戻るよう看護師さんに叱られました。電話を切りますね」

　ありがとうございましたどうぞお大事に、という逸子の返事の途中で電話が切られた。同時に小澤が、ありましたと声を上げる。

　小澤が、ノートパソコンの液晶画面いっぱいに広がる写真を披露する。静香が友人に送った写真と同じ背景だ。柔らかな照明の中で佇む小澤は、黒縁の眼鏡にカフェエプロン姿。だが隣に、静香は写っていない。

「……こっちが作り物で、人物を消しているということはないのか？」

　富永は納得していない表情だ。

「科捜研で詳しく調べてもらいましょうよ。小澤さん、データをください」

　山本が頼んでいる。小澤がうなずいた。富永はまだ不愉快を顔に貼りつけている。

「合成だとしても、よくこんなものが作れるな。能美静香の仕事は一般事務だったはずだが」

「今のソフトは優秀だから、できる人は多いと思いますよ。係長、息子さんのほうが詳しいかもですよ」

「うるさい」

　富永がむくれている。

　逸子は写真の上、ファイル名を見て目を瞬かせた。どうして、と思う。

——nozomi0609.jpg

「……このファイル名。なんですか？」

「なにって？　僕の、六月九日に撮った写真、ってことだと思います。わかりやすいよう書き換えてくれたんでしょう。ほかにも hamburger に meatloaf と、ファイル名にメニューの名前が」

小澤が答える。

「いえこの、nozomi とは」

「僕の名前ですよ。小澤望、希望の望のほうです。さっき、あのSNSを見ていて言おうとしたところですよ。『のぞみくんの夢を見た』っていうのは、僕の夢ということじゃないかと。いやもちろん、キスをしたなんて覚えはありませんが」

「のぞみ、なんですか？　あなたも」

逸子の問いに、小澤は焦ったように手を振った。

「僕は、あなたのおっしゃる都市伝説のノゾミくんとは関係ないですよ」

「知らなかったのかね、小澤の名前を」

富永が問う。

「わたしは、この店には一度しか来たことがなくて」

美咲と、由夢。そして克己があのとき、ここにいた。

「遠山さん、今度はどんな珍説を出すつもりですか。小澤さん、これ以上外野に邪魔されないよう、署までご同行願います。しかし本多アサミの鞄については、なるほどとは思います。写真とメールについていた指紋の件がある」

「それなんですけど、あの日、火曜日の昼、本多さんがレジ前で鞄を落とされたので、拾ってあげたんですよ。そのときに僕の指紋がついたんじゃないでしょうか」

その本多アサミという女性も。

みんな、取り憑かれる前にこの店に来ている。美咲たちはたしか、この店でノゾミくんの話をしていた。由夢の願いごとが、恋が実ったという話を。

取り憑かれたのは、ノゾミくんに気づかれたのは、この店じゃないんだろうか。

「鞄は署に置いてあります。どこをどう触ったか、詳しく聞かせてください。さあ」

富永が小澤の腕を強引につかんだ。

「いたた、引っ張らないでください」

あたしのノゾミくん。ノゾミくんのそばにいたい。ずっとずっと。

……あたしのノゾミくんとは、ノゾミくんじゃない。

5　暢章

潮のにおいがする。

この店に来ると、いつもそうだ。海が近いから潮のにおいはそこいらに漂っているが、この店のにおいは独特だ。コーヒー豆の香りと交互にやってきて鼻を刺激する。身体を包みこんでくるような、どこか気味の悪いにおいだ。

いや、今はそんなことはどうでもいい。とにかくこいつ、小澤をなんとしても吐かさねば。

暢章は小澤の腕を引っ張った。つい力が入ってしまったせいか、小澤が顔をゆがめる。

「うわああああああっ！」

山本が悲鳴をあげた。……なにごとだ？

「か、係長っ、後ろっ」

暢章の耳のそばをなにかがかすめた。小澤の腕をつかんでいない左手で、触ってみた。

ぬるり。

手を前にかざして気づいた。血だ。床の上に、小さな包丁――ペティナイフが刺さっていた。暢章の耳が熱い。

どいつが投げた？

暢章は振り向いた。カウンターの奥は無人、のはずだった。だが。

目の前に、包丁が浮かんでいた。

牛刀。三徳。洋出刃。刃の長いナイフ。ノコギリ歯のナイフ。包丁だけではない。凹凸のついた、肉を叩くための小型のハンマー。アイスピック。巨大な二股のコックフォーク。

ゆらゆらと揺れながら、暢章に近づいてくる。

暢章は走った。

カウンターの椅子に足を取られ、暢章の身体が転がる。

右肩になにかがぶつかった。背広の布地が裂けた。

転がりながら大きなテーブルの下に隠れた。それもつかの間、そのテーブルがゆっくりと持ち上がった。身体があらわになる。

「待て、行くな」

暢章はテーブルの脚をつかんだ。天板は上がっていく。渾身の力をこめて引き寄せた。叩きつけて脚を一本折る。自身の身体に覆い被せた天板に、コックフォークが鈍い音を立てて刺さった。

「なんだこれは。なにが起こってるんだ」

暢章は叫びながら周囲を見回した。壁と柱の陰に隠れるようにして遠山が座っている。フロア側のカウンターの下に山本と小澤が身を縮めていた。

「ノゾミ……、ノゾミくんです。でもっ」

遠山が叫ぶ。

「ふざけるな。なにがノゾミだ。俺は信じないぞ。なにかカラクリがあるはずだ。誰か仲間がいるはずだ。幽霊だの都市伝説の化け物だのが、現実にいるわけがない。おい、小澤っ。おまえが仕掛けたのか」

「僕になにができるんですか」

「係長、逃げましょう。みんなでいっせいに走って外に。あなたもですよ、小澤さん」

山本が泣き声交じりに呼びかけた。小澤が無言でうなずく。

「よしっ」

暢章の足が床を蹴った。山本の右手が小澤を引っぱった。勢いが強すぎたのか、小澤はつまずいた。転んで痛みに顔を歪ませる。

突然。山本の身体が床に倒れた。

洋出刃が、山本の右腕に突き刺さっていた。

「うああ、やめろー、やめてくれ――っ」

山本の顔が真っ赤に染まった。出刃は山本の腕を床に串刺しにしたまま、じりじりと動いている。腕を断ち切ろうとするかのように。

暢章は駆けより、山本の上腕に手を当てながら包丁を引き抜いた。山本の顔が赤から白に変わっていく。

「ちょっと遠山さん、救急車を呼んでくれ。それから布！　止血！」

遠山がスマホを取り出す。小澤が腰に巻いていたカフェエプロンを引き裂いて山本の腕を縛る。

揺れていた。

机が、椅子が、ゆっくりと揺れている。

小澤の目が、店の奥に向けられた。

オレンジ色のサーフボードがゆらゆらと揺れている。揺らぎが徐々に大きくなる。

「やめてくれ！」

小澤が叫びながらそれに駆けよった。

「誰だか知らないがやめてくれ。願いを聞けと言うならなんでも聞いてやる。壊さないでくれ」

小澤はサーフボードを両手で抱えた。横に寝かせていとおしげに抱く。

揺らぎは止まった。沈黙が訪れる。

「ノゾミくん！　ううん、わたしたちはノゾミくんだと思っていたけど、本当は、あなたは都市伝説のノゾミくんじゃない」

遠山が立ちあがった。フロアへと足を踏み出している。

「あなた、能美静香さんだよね」

「お、おい、やめるんだ。刺激するな」

「ここが好きで、小澤さんが好きで、居着いてるんでしょ。なんでノゾミくんのふりしてたの？　なんで克己を傷つけたの？　なんでいろんな人を殺したの？」

なにを言っているんだ、この女は。

「危ない！」

なにかが空中を横切った。暢章は遠山の身体を床に押しつける。

ガラスの割れる音がした。

遠山の立っていた壁の後ろにあった丸窓が、割れていた。

暢章は吠えた。

「ふざけるなよ。誰だ。誰が隠れているんだ。おいこら、出てこいっ。陰に隠れて人を襲って、責められれば知らんぷりか。気にくわん。言いたいことがあるならはっきり言え！　言えんのか！」

卑怯だ。人間だろうが幽霊だろうが、そんな卑怯な真似(まね)は絶対にさせるか。――いや、俺はそんな化け物は認めない。認めたら最後、本当になってしまう。

風が吹いた。潮の香りが店内を包みこんでいた。

さっきからずっとこの香りがしている。ここは海のそばだ。だけどなんでこんなにきついんだ。俺の鼻が変なのか。頭の先から足の先まで海に浸かったかのように、どっぷりと。

暢章はそばにあった包丁を手に取った。出てきたらこいつで刺してやるとばかりに。

割れた窓から光が差しこんできた。刃に反射する。光の筋が床に刺さった別の包丁へと届いた。

「あ……、合わせ鏡になって……」

遠山がつぶやく。

と、においが飛び込んできた。

「うぐあっ」

喉が、喉が焼けつく。俺はなにを飲み込んだんだ。息ができない。苦しい。そんなバカな、そんなこと、あるはずが……

すう、はあ、すう、はあ、すううう。

暢章は咳きこみ、床に倒れた。

「う、げほっ。ぐえ。なんだこれは。出せ。こいつを出してくれ。ぐっ」

「富永さん、富永さんっ。どうしよう、……これって」

肩をゆする遠山を、暢章は押しやる。

畜生。頭の中でなにかが暴れていやがる。嘘だろう。まるであの女子高生のようになっている。これがそうなのか？

恨み、憎しみ、執着、責任転嫁。そんなどろどろした気持ちが、俺の身体で弾けてぶつかってやがる。ああ、ムナクソ悪い。吐きそうだ。一度に言うな。もっと整理して話せ。

「……おこら、……怒らないで、……ノゾミ。てー、てめー。……のぞみくん。なー、なにもー、のだー。……望くん、……傷つける。なんー、だー、とー。……許さない」

望――小澤を傷つけるのは許さないだと？　まずそれかよ。死にそうになってるのは山本のほうだぞ。あいつは間抜けだが、人のいいヤツだ。あいつが死んだら、おまえを殺してやるぞ。

暢章は背中で床を転がり、喉をかきむしる。

「と、と、富永さん？　だいじょうぶですか」

小澤が、暢章をこわごわ押さえかかる。暢章は睨んだ。

「はー、なな、話、……のぞみくんの。へー、へいー、平気だー。……望くん、そばにいたかった、……運命だと思った。こー、いつにー、話させー。ろー。……同じ名前、……きっと実るはず、……あたしの願い」

のぞみくんだ？　同じ名前だ？　そのノゾミってのと、小澤がということか？

眩暈（めまい）がする。なんてことだ。こいつは本当に、能美静香なのか。ノゾミだろうと能美だろうと、今でも信じられない。けれど、くそっ、信じるしかないのか？　たしかに最初に死んだのはこいつだ。こいつが死んでから、すべてがはじまった。

「……がんばった、……がんばって、六つの願い、……周りの人のお願い、……ノゾミくんの約束、……果たしてた、……あとひとつだった、……ノゾミくんが来て、……あたしの願い、……かなえてくれるはず、……死にたくない、……願い、……実るまで、……ぜったい」

けれどその前に、能美は海に落ちて死んだ。それが月曜のことだ。

「……みんな勝手、……ノゾミくんに願い押しつけて、……自分の願いばっかり、……だから、……ノゾミくんが怒った、……約束、……あっちに行けって、……あたしのほうに行けって、……あたしが犠牲に、……あたしちゃんと、……誰かの願いかなえてたのに、……約束果たして、……あたしが死ぬなんて、……あたしが、……ノゾミくんに」

なにを言ってやがる。おまえが死んだのは事故だ。本多のいたずらが原因にせよ、ライトが壊れたスクーターに乗っていたせいだ。犠牲とはどういうことだ。勝手ってのは誰のことだ。

暢章は頭の中に問いかける。

「……訊いた、……約束、……願い応じたのか、……あっちに行けって言ったか、……あの女無視ばかり、……いじわるばかり、……あの女のせいで、……やっぱりあの女が、……あいつがあたしを、……許さな、……もっと、……もっと」

ノゾミくんとの約束を果たさなかったアサミが、あたしに報いを押しつけてきたのかと思った。でもあいつはシラを切った。アサミがライトに傷をつけたという確証はなかった。だけどあいつだったんだ。あいつ。あいつめ。あんなんじゃ足りない。もっと怖がらせたかった。もっともっとひどい目に遭わせたかった。

暢章の頭に、能美の思念が渦巻く。アサミへの憎悪が煮えたぎる。

だから本多に復讐をしたと、――おい、そういうことなのか？

「ちょっと待って」

遠山が口を挟んできた。

「能美さん、あなたは本気でノゾミくんを信じてたのね。でもあなたが死んだことと、他のみんながノゾミくんに願いを託したこととは、関係がないんだよ。ノゾミくんの約束を果たしていないって責められて、あっちに行けって言われた友だちのほうが死ぬ話、わたしも知ってる。でもそれはあとづけの物語だよ。伝説を面白がった人がくっつけた話だよ。なのにノゾミくんに願いを託した人がそれを果たしてないって責めて、わたしの生徒、菅野さんも殺したの？」

「……知らな、……ノゾミくんとの約束、……六人分の願い、……ちゃんと実行、……訊いただけ、……怖がっ、……勝手に、……死んだ」

「勝手に死んだ？　なにを言ってるの。脅せば怖がるでしょう。逃げようとするでしょう。わたしの生徒は、菅野さんは、あなたに殺されるって言って屋上から落ちたんだよ。菅野さんの願いは、テルくんって子と両想いになることだった。それだけだったのに」

「……知らない、……わからない、……その子の願い、……訊いただけ、……羨(うらや)ましい、……あたしも」

「羨ましい？　じゃああなたはなにもしてないのね？　菅野さんの恋が実ったのは、あなたにもノゾミくんにも関係なくて、テルくんに思いが伝わっただけってこと？」

　遠山が訊ねる。

「……知らな、……あたしも、……あたしも」

彼のそばにいたい。羨ましい。あなたはちゃんと約束を果たしたのか。ノゾミくんに伝えて。あたしの恋も実らせてと。教えて。ノゾミくんはどこにいるの。

　なにを言っているんだ、こいつは。頭が痛い。欲望と憎悪がドロドロに溶けて、反響して、吐きそうだ。

「あなたは死ぬまでに五人の願いをかなえていた。じゃあ六人目はどうするつもりだったの？　菅野さんじゃないなら美咲ちゃんの願いを選んだの？　克己くんの願いを？」

　遠山が、暢章にはわからない質問をする。病院で暴れていた女子高生が美咲だよな。克己とは誰だ？

「……知らない、……知らな、……あたし、……あたしただ、……訊ね」

「なぜ美咲ちゃんに取り憑いたの？　わたしたちを脅したの？」

「……海、……落ちた、……死にたくない、……漂ってた、……漂って、……不安、……この店、……戻った、……ノゾミくんの話、……惹かれた、……探した、……あたしを助ける、……見つける、……本物、……ノゾミ、……教えて、……どこ、……願いを」

「わたしたちを利用して、自分の願いを実現させようとした。そういうことだね」

冷たい声で、遠山が告げた。そして続ける。

「それはもう無理だよ。あなた、わたしと一緒に病院に行ったでしょう。和多田さんとの話、聞いてたでしょう。ノゾミくんは作り物のお話。ノゾミくんに誰かの願いを実現させる力なんてない」

「……いや、……願い、……あたしの、……願い」

「克己くんは怪我をした。あなたは彼になにかした？」

遠山の目に涙が溢れてくる。

「……そいつ、……知らな、……やってない」

「そう。そうだね。あなたにはできない。誰かを不幸にすることも、誰かの願いをかなえることも。あなたにはなにもできない。……消えて。どこかへ行って。これ以上、わたしたちに関わらないで！」

遠山が叫んだ。

うおぉぉおぉ、と暢章は跳ねた。遠山の首を両手でつかむ。絞めつける。

暢章の頭の中で能美が暴れまわっていた。怒りの矛先を遠山に向けている。

だめだ、いけない、と思うのに、暢章は力を抜くことができない。身体の下、遠山が力なく横たわる。けれどその目は、まだこちらを睨んでいる。

「富永さん！」

小澤が背後からかぶさって腕を取ってきた。三人が重なりあって倒れる。遠山から手が離れ、暢章はほっとする。だがまだ、喉からつきあげるものがある。

「……違う、……できる」

できるって、なにをだ？

同じ言葉を、咳きこみながら遠山も問いかけていた。

「……あたし、……やった、……ひとり、……残りひとつ、……ひとりの願い、……だけ、……だから、……やった」

「ひとりって、誰のこと？」

肩で息をしながら、遠山が訊ねている。

「……最後、……願いに、……ふさわしい、……かわいそう、……六人目、……あの子が、……願った、……いじめられて、……つらそうで、……あたしと、……同じ」

暢章は思いだす。現実には起こりえない不審な死があったことを。

「……昨夜、……知った、……あれは、……おまえの息子、……願った」

あれは、真司と同じ中学の生徒だった。

真司の生徒手帳。ふたりの犠牲者と諍いがあったという証言。

あのふたりを殺せと、真司が願ったっていうのか。そんなばかな。

「……放って、……おけない。……アサミ、……増える、……死なな、……直らない」

「それは、まさか殺したってこと？　相手の子が、アサミさんのように意地悪だったから？」

遠山の声が震えている。

俺は信じない。真司がそんなことを願うなんて。信じたくない。

暢章の身体が跳ねた。再び床を転がった。

頭が痛い。頭が割れる。くそっ。てめー、いいかげんにしろ。やめろ。やめろ。

暢章の身体を頭の痛みが支配していた。脳が割れ、砕け、バラバラに分かれそうだ。目の前が霞（かす）んでいく。意識が徐々に遠のく。

こいつに乗っ取られる。

暢章は手を伸ばした。床を這わすと指先がなにかに触れた。包丁かナイフかわからない。

握った手で、もう一方の腕に振りかざす。

「富永さん?」

「……うあっ、……痛っ。げぼっ。……ああっ。ぐえっ」

暢章の身体の内側でなにかが暴れた。身体をくの字に曲げて咳く。

「はあーっ。はあーっ。ぐえっ。はあーっ」

潮の香りがはじけた。

手元を見る。ペティナイフだった。悪くない選択だったと半身を起こして、ふたりの顔を見た。震える身体で、にやりと笑う。

「あいつ、消えたぞ。退治してやった」

「退治、ですか?」

「乗っ取られてたまるかと、自分を刺してやったんですよ。そしたらあいつ、死ぬほど痛がってた。ざまあみろ。ははっ、俺はあいつとは鍛え方が違うからな。たかがこのくらいの傷で」

暢章は腕を叩いた。痛みが脳天にまでつきあがったが顔には出さなかった。

「だいじょうぶですか。血が出てます。あ、救急箱を」

小澤が立ちあがる。

「出ていっただけかもしれません。和多田さんの時もそうでした。取り憑いた人間が苦しむと、ノゾミくんも苦しむんです。あれはノゾミくんじゃないけど」

遠山が肩を震わせていた。

「だけど、あんまりじゃない。あれだけ調べたのに。美咲ちゃんにも克己くんにもなんの関係もなかったなんて」

「俺は能美静香の遺体を見ている。……克己くんを救えないなんて。ものを浮かせたり人の中に入ったりするんだ。俺は認めんぞ。なんて執念深いんだ」

　暢章は頭を振る。

「それだけ執念があるなら、泳いで岸に戻ってくればよかったのに。うちの生徒たちだって洞窟見つけて避難してたぐらいなのに」

「洞窟？」

　救急箱を手に戻ってきた小澤が問いかえす。遠山が目尻をぬぐった。

「ああ、すみません。克己くんたち……、三人の生徒が、能美さんが亡くなったのと同じ日に洲原の浜に行ってたんです。ノゾミくんに願いごとをしに。でも、潮位が上がって浜から出られなくなってしまって。崖の途中に洞窟があったのでそこに入って、潮が引くのを待っていたそうです」

「……あの洞窟に入ったんですか？」

「洞窟がどうかしたんですか」

「いや、入ったからって、いや、しかし」

　小澤の声がうろたえていた。

暢章は、なんの話です、と続きをうながす。

「すみません、変なことを言いました。……その、このあたりのただの言い伝えですよ。自治会の古老に聞いたんです。その洞窟を通って、海で死んだ人の魂があの世に行くそうです。昔、聞いた神話に似ていて、面白いなと思って頭に残ってました。黄泉比良坂って聞いたことありません？　伊耶那岐命とか、伊耶那美命はどうです？」

暢章は包帯を巻かれながら考える。

イザナギってのは、どこかで聞いた気がする。なんだっただろうか。

「『古事記』ですか。国造りの神様のイザナギとイザナミ。よもつひらさかというのは？」

遠山が答えて、続けて問う。

「黄泉比良坂は、その国造りの話の最後のほうに出てくるんです。『出雲国風土記』にも似たような場所があって、そこでは、黄泉の坂とか黄泉の穴とも言うそうです」

「黄泉って、あの世って意味の、黄泉ですか？」

暢章も訊ねる。呼んでもらった救急車はまだ来ない。手当てされた山本は目を閉じ、荒いながらも息をしている。

「ええ。国造りの神話というのは、この国はイザナギとイザナミの男神と女神が協力して造っていったというお話です。その昔、地上はどろどろの地面で、ふたりが神様から貰った鉾(ほこ)で地面をかき回して島を作ったのだと。ふたりはさらに多くの神様を産みだしていきます。けれど、イザナミが火之迦具土神(ひのかぐつちのかみ)という火の神様を産むときに、陰部をその火で焼かれて死ぬんです。そして、黄泉の国に行ってしまうんですよ」

「イザナギが会いに行くんでしたよね？」

　遠山が応じている。

「そうです。黄泉の国との境を通るのですが、それが黄泉比良坂です。出雲国風土記では、その黄泉の国の入り口が浜にある洞窟とされてるんですよ」

「出雲って島根ですよね。ここからは距離がありますよ」

「伝わってきた伝説と、地域の民話が結びついたのかもしれません。このあたりは、昔は漁村だったんです。海で亡くなる人が多かったから、鎮魂(ちんこん)の風習と一緒になったんじゃないかと思うんです。同じ内容の話が、異なる場所に伝わっていることはよくありますよ。僕は山に登るんですが、山にはいろいろな信仰や伝説があって面白いですよ。たとえば巨大な岩が連なる場所には、巨石信仰があって――」

　ちょっと、と暢章は苛立って止めた。こんなところで教養合戦をしている場合か。

「そういった小難しい話はやめてくれませんかね。俺が訊きたいのはそこの、洲原の浜にある洞窟の話だ。黄泉の国への道だとしたらどうだというんです」

「続きがあるんです。洞窟を通ってあの世に行くだけじゃなく、洞窟の底からも死者がやってくるっていう言い伝えが」

小澤が言った。遠山が勢いこんで訊ねている。

「死者がやってくる？　そんなことがあったんですか？」

「百年前とか二百年前とか、そんな昔の話ですけどね。その洞窟から、死んだはずの人が戻ってきたと」

「その戻った死者ってのは、今みたいに人を殺しまくってるんですかね」

呆れる気持ちもあって、暢章はついあざけるように問うてしまう。

「いいえ。生きている人間の姿を借りたそうです」

「借りる？　乗っ取るってことか？」

頭の痛みを思い出した。身震いが暢章を襲う。

「乗っ取る、なんでしょうか。相手に取り憑き、なり替わるんだそうです」

「だったら見かけは変わらないですよね。なのにどうして、取り憑いた死者だとわかるんですか？」

遠山が首をひねっている。

「なり替わったあと、死んだ人と同じ行動を取るからだそうです。性格が一変する、いない子供を育てようとする、取り憑いた相手は少年だというのにもとの夫の寝所に入りこむ。それらは奇妙に見えますよね。本当に死者が取り憑いたのか、異様な行動を取るものを始末するための言い訳にしたのか、正直わからない部分があります。合理的な考え方をすれば後者かもしれません」

「始末ってなんなんだ？　そのなり替わった奴をどう黄泉の国に戻せるんだ。どうしてたんだ、その時代には」

「村の公民館に鉦がありました。取り憑かれた人間ごと、送り帰すそうですよ」

「送り帰すって」

遠山が慄然（りつぜん）としていた。

暢章も息を吐く。

世が世なら、俺もあいつごと殺されていたかもしれないのか。

「どうしてそんな場所が浜に無防備にあるんだ。その伝説を信じるなら、次々に死者が出てきて人と入れ替わるってことじゃないか」

暢章はつい焦ってしまう。

「無防備でも、次々にでもないですよ。やってくるのは一年に一度です。言い伝えによると、太陽が一番長く地上に留まったあと、つまり夏至（げし）のあとの、満月の夜、大潮のときだと言われています。それに――」

「夏至のあとの満月、大潮って。……それ、今週の月曜じゃないですか。能美さんが亡くなった日」

遠山が口を挟む。小澤が残りの説明をする。

「――それに注連縄（しめなわ）がしてあります。死者の国との行き来ができないように」

「注連縄？」

遠山が息を呑んだ。なにか考えこんでいる。

「え、ええ。洞窟の中に注連縄が張ってあるんですけど、洞窟の中で、菅野さんが足になにかをひっかけて転んだそうです。あの日、あの子たちに聞いたんです。ひものようなものが落ちていたって。そのひもって、もしかして、注連縄……？」

暢章は吠えた。

「そいつらのせいか？　その黄泉の国との境とやらを破ったから、あの女が成仏できずに戻ってきたんじゃないのか！」

「ノゾミくんの話は信じないって言っておいて、浜の言い伝えは信じるんですか」

遠山が呆れた目で見てくる。暢章は悔し紛れに舌打ちをした。

「子供のまじないと伝統は違うってことですよ。実際、あの女はいるんだから」

「都市伝説も民間伝承も、どちらも成り立ちは同じなんじゃないでしょうか。なにかのきっかけで物語が生まれ、人々の口を経て、滅んだり、影響しあったりしてるんです。長く語り継がれることで真実味を帯びたり、また、小澤さんが言ってらしたように、都合の悪いことを隠すために伝説を借りたり。そうやっていつしか噂が広まって、本当にあったことのように定着していくんですよ」

遠山の言葉に、そうですねと小澤がうなずいている。

「とりあえず、そういった物語とか伝説とかは脇に置いといて、あの能美静香だったモノはいる、それだけだ。そしている以上は、なんとしても退治しなくては」

　暢章は宣言する。

　しかし、どうやって退治すればいいのか。その思いは、ふたりも同じなのだろう。遠山も小澤も、戸惑った顔でうなずいた。

　やっと救急車のサイレンの音が聞こえてきた。床の上で、山本がうつろに目を開ける。

「がんばれよ、山本。絶対にだいじょうぶだからな」

　暢章はそう言ったあと、小澤の肩をつかんだ。

「小澤さん。その地元の自治会長だか長老だかのところに行ってくれないか。注連縄を早く張り直してくれと頼んでもらいたい」

　小澤がこわばった表情のまま「はい」と言った。

　電子音のメロディが鳴った。遠山が鞄を探っている。

「あ、古滝さん。克己くんの具合はいかがですか？　……美咲ちゃん？　いえ、わたしのところに連絡は……。え？　家にいないんですか」

6　逸子

山本を乗せた救急車が発進した。その後ろに富永、さらに後ろに逸子の車が続く。洲原の浜を経て、木村総合病院に向かうルートだ。美咲は病院の近くにいるんじゃないか、逸子はそう思う。

さほども走らないうちに富永の車が急停止した。逸子は慌ててブレーキを踏む。富永が路肩に車を止め、転げ落ちるように下車した。素早くガードレールを飛び越え、崖へと向かっている。

富永の目指す先に人影が見えた。逸子もまた、路肩に赤の車を寄せる。

富永に続いてガードレールを越えた。黄土色の岩と不規則に生えた雑草がコントラストを作る崖の先端、寝そべった富永がなにかを引っ張っていた。傍らに白いシャツと黒いボトムの少年がいる。崖の下から、小柄な少女が姿を見せた。

「美咲ちゃん?」

逸子は駆けよった。驚く顔を見せた美咲が、すぐに抱きついてきた。逸子の腕の中、しゃくりあげている。

「どうしたの、美咲ちゃん。さっきお母さんから連絡があったよ。心配してたよ」

美咲は抱きついてきたときと同じように、突然身体を離した。腕で涙を拭い、逸子を睨みつけてくる。

「なんでもない！　それより逸子先生、ノゾミくんは見つかったの？」

美咲の背後で、少年が肩を落として座っていた。富永がいきなり少年の襟首をつかみ、頬を張る。少年の身体が地面に叩きつけられた。逸子は息を呑む。

「なにをやっているんだ、真司」

真司？　もしかしてこの子、富永さんの子供？

富永が真司の腕を引っ張った。

「おまえがノゾミとやらにあのふたりの死を願ったというのは本当か？」

真司が一瞬、富永の顔を見上げた。しかしすぐに頭を下げ、もぞもぞとした声で言う。

「……誰が言ったんだよ」

鬼の形相をした富永が、真司の顎をつかんだ。

「誰がだと？　顔を上げろ、真司。どんな風にあのふたりが死んだかわかってるのか。どんな恐ろしい思いをしたかわかってるのか。よりによっておまえが他人の死を願うとは。情けないっ」

逸子は間に入った。

「富永さん。どんなことになるか知らなかったんですよ。ノゾミくんに願っただけで相手が死ぬなんて、誰が思いますか」

「けれど死ねばいいと思ったんだろう。自分の代わりに、誰かが殺してくれればいいいと。そうだろう、真司」

　真司が視線を避けるようにうつむいた。

「富永さんだって、ソリの合わない人はいますよね。他人を恨んだり、憎んだり、そういう気持ちになったことくらいありますよね。能美さんは、真司くんはその子たちにいじめられていたって言ってたじゃないですか。憎む気持ちぐらい生まれますよ」

「いじめられたのならなぜ闘わない。うじうじと他人を呪いやがって。そういう弱さが気に入らんのだっ」

　真司はうつむいたままだ。美咲が声をあげた。

「そんな言い方はないんじゃない？　おじさんのせいでもあるんだからね」

「なんだって？」

「どれだけ真司くんが悩んでたか、おじさん知ってるの？　クラス中に責められたそうだよ。でもおじさんに言ったって無駄だって思ったたって。気づかれたらかえって面倒なだけだって。それ聞いたときオーバーだなって感じたけど、今よくわかったよ。おじさんは自分の理想を押しつけてるんだよ」

「きみには関係ない。きみも、そのノゾミとやらに勝手な欲望を押しつけたんだろう。だから怯えてたんじゃないのか？」

「富永さん、美咲ちゃんに当たらないでください」

逸子は止める。

真司が立ちあがった。

「オヤジ。おれ、ちゃんと自分でケリつけるから」

真司の視線が海に向けられた。その意味を逸子は理解した。まさか美咲も、そのつもりだったんだろうか。

それはいけないと逸子が口を開く前に、富永が鋭く言った。

「ケリだと？　それがおまえの結論か。ふたりで飛びこむつもりだったのか。ビビって死にきれなかったのか」

「おれは、ただ……」

富永がいっそう険しい顔で真司を睨んだ。美咲が口を出してくる。

「真司くんはビビってなんてないよ。怖がったのはあたしのほう。真司くんとは、たまたまここで一緒になっただけ」

「美咲ちゃん。待っていてって言ったじゃない」

逸子は美咲の腕をつかんだ。ほどかれまいと力をこめる。

「……だって怖かったんだもん。ずっと怖がっているより、早く終わらせたかったの」

「もうだいじょうぶ。あれはノゾミくんじゃなかったから。美咲ちゃんが殺されることはないよ」

「どういうこと？　ノゾミくんはいたよ。あたし、襲われたんだよ。死ぬかと思った」

「ノゾミくんじゃなくて別の存在だったの」

「別？」

「あれをどうしていいかわからないけど、美咲ちゃんが約束を果たさなかったからって殺されたりしないの。美咲ちゃんのせいで克己くんが怪我をしたわけでもない。克己くん自身の願いのせいでもない。ノゾミくんはまったく関係ないの。だからもう自分を責めないで」

「……あたし、死なないの？」

美咲がまた顔をゆがめる。

「辛かったね。でも、違ったんだよ。ノゾミ……ううん、あいつは、自分の願いのためにわたしたちを利用しようとしただけ」

「逸子先生……」

「病院に行こう。克己くんのそばについていてあげよう。目覚めるまで待っててあげよう。諦めずに。ね」

「逸子先生、ずるい。あたしなんて逸子先生のことがキライでぐちゃぐちゃになってるのに。でも逸子先生に頼るしかなくてみじめで仕方ないのに。逸子先生だってあたしに嫉妬して、もっと意地悪になればいい。なのに、あたしのこと助けようとしてくれて、なんだかすごく、良い人っぽくて、すっごくずるい。ムカつく」

「わたしもムカついているよ。待ってててって言ったのに勝手なことして、ってね。でも美咲ちゃんがわたしのことを嫌いだからといって、わたしが美咲ちゃんを嫌いになる理由にはならないんだよ」

「……ごめ……、ううん、あー、ちきしょう、……ありがとう」

美咲が泣き笑いの顔で見つめ返してきた。

真司が、ぼんやりとそれを見ている。

情けない、と富永のつぶやく声がした。

「おまえは人を死に追いやって、責任も取らずに自分だけケツまくって逃げるのか」

「逃げちゃいないだろ」

「逃げなんだよ。死んじまえば楽になると思ったんだろ。死ねばもう責められることはない、そう思ったんだろ。おまえは自分だけ苦しみのない場所に行こうとしている。それは勝手だ」

「おれはそんな……。そんなつもりじゃないよ」

真司が頽（くずお）れそうになっている。逸子は再び、親子の間に入った。

「富永さん。追い詰めるようなことを言わないでください。みんながあなたみたいに強く生きてるわけじゃないんです。あなたの言ってることは正しいです。けれど、真正面から正義を振りかざされては、眩しすぎてついていけません」

「あなたについてこいとは言ってませんよ。俺は真司に言ってるんだ。真司はついてくる。今までもそうだった。これからだってそうだ。真司はこんな情けないヤツじゃない」

「もう、いいよ」

真司が、逸子を押しのけるように肩に触れた。力のない指先だ。

「悪かったな、オヤジの立場を悪くして。けどもう、終わりにするからさ」

「立場だと？　誰がそんなことを言った。なんでわからんのだ！」

富永の顔が真っ赤になった。真司へと腕が伸びる。

真司は駆けだした。富永が腕を広げ、海の方向を防ぐように回りこむ。

富永の腕が真司の肩をかすめた。つかみ損ねる。真司は踵を返した。ガードレールを跳び、県道へと戻った。富永が続く。

逸子と美咲はあとを追った。

真司は遥か先を走っていた。富永が怒声を飛ばしている。アスファルトが煌く。カーブの先でなにかが光った。それが大きな身体を現す。――白のワゴン車が。

「危ない！」

逸子は叫んだ。美咲の悲鳴がブレーキ音と重なる。

真司が飛んだ。

そして空から戻ってくる。頭を下にして。

鈍い音が響いた。溶けそうなほど熱くなったアスファルトの上で真司が跳ねる。動かなくなった。

7　暢章

こんな馬鹿なことがあるものか。

地面に広がっていく血を、暢章はぼんやりと見ていた。目の前の風景が、別の世界のできごとのようだ。白のワゴン車はその後ガードレールにぶつかり、頭をめり込ませて止まった。運転席から男がこけつまろびつ降りてくる。

「そ、その子が急に飛びだして」

泣きそうな顔で男が言う。

「真司くん。真司くん、返事して」

美咲が駆けより、真司を揺さぶった。遠山が美咲の腕をつかんで止める。

「ダメだよ、美咲ちゃん。揺らしちゃダメ」

暢章は静かに言った。

「無駄だ。首の骨が折れている。……死ん……。……真司」

暢章の膝が折れた。真司の身体が横たわる燃えるアスファルトの上に、暢章も座りこんだ。遠山がためていた息を漏らし、美咲が喉の奥をひきつらせている。

「俺はただ、車を走らせてただけで。どうして。どうすれば。どうなるんだ。俺は。俺」

男の騒がしい言い訳が、耳障りだった。

金属のこすれる音がした。男の乗っていたワゴン車がいつの間にか動いていた。ガードレールの向こうへ、加速をつけて進んでいる。

全員がそれを見た。

「みんな下がりなさい。落ちるぞ。巻きこまれるといけない」

力ない声で、それでも暢章は指示を出す。

「やっ。さ、下がるな！　手伝ってくれ。子供が、子供が乗ってるんだ」

男が叫んだ。ワゴン車がなおも進む。なにかが窓の内側で動いた。小さな手が張りついている。中から泣き声が聞こえた。

「うあ、ああ、助けてくれ、助けて。お願いだ」

男が駆けよろうとする。ワゴン車が崖へと消えた。

暢章は顔をそむけた。

どよめきが起こった。その声に顔を戻す。目の前に車が浮かんでいた。白のワゴン車が太陽の光を反射してきらめく。揺らぐように浮かび、そして着地した。

「まさか。……ノゾミくん」

遠山がつぶやく。

潮のにおいが強くなっていた。暢章は思う。ノゾミは、ずっとそこにいたのだろうか。

……だとしたら。どうして。

「てめえ、どういうつもりだ」

暢章は立ちあがった。両の足を踏ん張り、空に向かって叫ぶ。

「おい、どういうつもりだと訊いている。そこにいるのか、おまえ、ノゾミ。いや、能美静香。見てたのか、てめー。全部そこで見てたのか」

足元には真司が倒れている。不自然に首を曲げ、ぽっかりと目を開けて。動かない。

真司を見殺しにしたな。

「その車を、その中のガキを助けたつもりか。いいことをしたとでも誉めてもらいたいのか。てめえは気まぐれに、人を助けたり、殺したり……っ。真司は……。真司は」

真司に息があれば、俺は助けてやってくれと願うだろうか。

真司を生き返らせてくれ。もう一度、真司と話をさせてくれ。代わりにおまえの願いを、なんでもかなえてやるからと。……ノゾミという名の化け物に。

あっけなさすぎるじゃないか。俺は早く、もっと早く真司を鍛え直すべきだったんだ。いや、真司の話を、聞くべきだったんだ。

だからもう一度、真司を。真司を。

暢章はワゴン車に目を向けた。サイドミラーに手を伸ばす。取れかけていたそれを引きちぎる。

「やい、出てこい。話をさせろ。ノゾミ！　能美静香！　こっちにこい！」

暢章は吠えた。車の反対側へと回りこみ、鏡を向かい合わせる。

「ダメだよ。おじさん、やめて」

美咲が金切り声を出す。

潮のにおいに包まれた。息が苦しくなる。喉になにかが入った。

すう、はあ、すう、はあ、すうううう。

さっきと同じだ。ヤツめ、まんまと俺の中に入ってきたな。

暢章の身体が跳ねた。アスファルトの地面を転がる。激しい咳が出た。

「ぐあっ。ぎぶうっ」

こいつは俺の中にいる。俺がこいつを飲み込んでいる。

「……あたし、……あたしそんなつもりは。ぐぶっ、しー、しんー、っじー。……助けたかった、……この子、……辛そうで、……ひどい目に、……あってて」

泣いているのか？　おまえ、泣くのか？

ばかにするな。

泣いたって、真司は戻らない。

「……あたしのせい、……違う、……あたし、……ただ願いを、……かなえた、……だけ」

だから真司のせいなのか。おまえに罪はないのか。罪という感覚さえ、おまえにはないのか。

　こいつはいてはいけないものだ。

　存在してはいけない。

　片方の肩と肘を地面に押しつけ、暢章はなんとか身体を起こす。遠山が駆けよってきた。

「富永さん、だいじょうぶですか？　ねえ、能美さん。聞こえてる？　あなたがしたことは、真司くんを追い詰めることだったんだよ。わかる？　誰かの願いを後押しすることはできても、代わってかなえることなんてできないんだよ」

「……願、……六人分の願い、……ノゾミくんとの約束、……揃えた、……誰か、……かなえて、……あたしの、……願い」

「まだ言ってるの？　わかって。ノゾミくんにも誰にも、そんな力はないの。他人の夢や願いを、誰もかなえることはできない。それができるのは、自分だけ」

「……自分、……だけ」

「あなたが死んでしまったのは、かわいそうなことだと思う。でも、もう誰にもどうすることもできないんだよ。だからお願い。本来いるべき場所に還って」

遠山の声が頭を素通りしている。

いかにも教師らしいことを言う。けれどもう、そんな段階じゃない。こいつは説得になど応じない。

暢章は遠山の肩を借りて立ちあがった。しかしすぐさま押しのける。足元がふらついた。身体を揺らしながら、ゆっくりと後ろに下がっていく。

ようやく背中がガードレールに当たった。右手で高さを探る。

「だー、だいー、じょー。……あたし、……あたしは。どー、けー、どいてー、ろー」

こいつは俺に取り憑いている。今、俺が、飲み込んでいる。

小澤は言った。この浜に伝わる伝説を。別の人間に取り憑いた、中身が入れ替わったなにかのことを。退治する方法は、取り憑かれた人間ごと銛で突き殺し、送り帰すことだと。それはただの伝説かもしれない。異端者を始末するための理由づけかもしれない。けれど、さっきもそうだった。俺が自分を刺したら、こいつは痛がった。脳天に突き抜けるほどの悲鳴を上げた。苦しんでいた。

吐きださなければいい。こいつは俺が連れていく。

このまま、もとの場所に。

「つれー、てー、くー。……あたし、……願い。……そばに。……のぞみくん。おー、わー。……そばに、……ずっと、……一緒に。おー、わー、りー」

暢章は腕に力をこめた。

「富永さん？　ダメです！」

駆けよってきた遠山を、暢章は突きとばした。

霞む目で、アスファルトに横たわる真司に視線をやった。真司は動かない。なにも言おうとしない。でもな、と思う。

おまえに教えてやる。これが本当のケリってやつだ。

暢章は笑った。上下の歯を閉じたまま、唇だけを動かした。逃がすまいと両の手で口元を押さえる。

終わりだ。

離さない。絶対に。

背中から、ガードレールの向こうへと飛んだ。勢いをつけ、岩を転がった。

「富永さん、やめて！」

遠山の声が叫んでいた。悲鳴が重なった。黄土色の岩が途切れた。暢章の身体は宙に投げだされる。

砕ける水音を最後に、何も聞こえなくなった。

8　逸子

「いろいろとありがとうございました。注連縄も張り直していただいたんですね」

木村総合病院の通話可能なスペースに、逸子は立っていた。

　小澤の柔らかな声が耳に届く。

「作業の最中に、洲原の浜で富永さんのご遺体が上がったそうです。きっと富永さんが連れて行ってくれたんでしょうね。あの洞窟から、能美さんを向こうの世界に」

「病院で山本さんにもお会いできました。腕の神経はつながったそうです。山本さん、言ってました。誰もノゾミくんのことなんて信じやしないから、みんな事故や自殺で片づけられてしまうんじゃないかって。富永さんのことも」

　逸子は思いだす。富永のことを伝えると、山本は泣いた。一人息子を目の前で失い、冷静な判断ができなくなったのではと肩を落としていた。

「いなくなったという生徒さんはだいじょうぶですか」

「美咲ちゃんですか？　落ち着いたようです。さっきお母さんと家に戻りました。小澤さんのお店も大変なことになってしまいましたね」

「ええ、正直痛いです。でも皆さんにくらべればたいしたことはありません」

　店が片づいたらいらしてくださいと、小澤は電話を締めくくった。優しく穏やかな声に、終わったことを実感させられる。

けれどまだ、克己は眠ったままだ。

逸子は克己の病室に向かった。ＩＣＵから一般病棟に移され、面会も許されるようになったが、すぐに対応が取れるように部屋はナースステーションの前だ。シーツの中に伸びるドレーン、酸素マスク、点滴の管、モニターがついた幾台もの機械。ものものしいが、幸い数値は安定しているという。

逸子は克己の頬にそっと触れた。

叩いてみた。つねってみた。動かない。

目覚めることはあるんだろうか。目覚めても、もとに戻るんだろうか。まさかこのまま……。ううん、そんなことない。そんなこと、絶対にない。

諦めちゃだめだ。克己はきっと目覚める。わたしはまだ、克己に話すことがある。

ねえ克己、どうしてみんなノゾミくんに頼ろうとしたんだろうね。ただの作り話なのに。願いをかなえたい、でも、かなわない願いのほうがずっと多い。だからみんな、ノゾミくんにすがるんだよね。

夢に手が届くわたしは、誰よりもラッキーだね。でも怖くて、克己のことが気になって、ずっとためらっていた。それなのに、克己と話をしていなかったなんて、変だよね。克己にしてあげたいことも、自分の頭の中でだけ考えていた。

わたしがしてあげたいことじゃなく、克己がしてほしいことのほうがずっと大事なのに。

でも克己も克己だよ。克己も自分の夢をわたしに話していないよね。やりたいことが決めきれないと言っていたけど、それは未熟だからじゃない。可能性がいっぱいあるからだよ。考えれば考えるほどわからなくなるのは当然のこと。

目が覚めたら、ゆっくり話をしようね。これからのこと、相談しよう。美咲ちゃんも一緒に、いろんな話をしよう。

わたしは待っている。ずっとね。

扉にノックの音がした。看護師が顔を覗かせる。

「モニターは私たちが見ていますから、ご家族の方はお帰りになってもだいじょうぶですよ」

点滴の量をたしかめて、看護師は逸子にほほえんだ。

「泣いちゃだめですよ。不安な気持ちが伝わってしまうから。呼びかけて、触ってあげてくださいね。外からの刺激は有効ですよ」

看護師は軽く頭を下げ、廊下の向こうに消えた。

泣いていたとすぐわかるような顔をしていたのだろうか。

逸子は指で目元をぬぐった。鞄からコンパクトを出し、覗きこむ。

背中の向こうにガラス窓が映った。窓は病室の灯りを受けて、逸子の後ろ姿を映している。その姿が手元の鏡に映った。

なにかが、横切った。

逸子は振り向いた。誰もいない。

でもさっき、なにかが鏡の中に。ガラス窓の向こうに。合わされた鏡の、その向こうに。

合わせ鏡になった、向こう。

逸子は震えながら周囲を眺める。気づくと、潮のにおいが漂っていた。

うそ。そんな。窓は閉まってるじゃない。気のせいだ。ただの気のせい……

においが部屋中に満ちていく。

……富永さんが連れてってくれたんじゃなかったの？

逸子はベッドに駆けよった。克己の身体を庇う。

潮のにおいが、耐え切れないほど強くなる。

足が震えた。

包みこまれる。

すう、はあ、すう、はあ、すうううう。

「いや……、いやあっ」

突き破られるような喉の痛みが、逸子の身体をのけ反らせた。

身体が勝手に跳ねた。誰かが頭の中で叫ぶ。能美静香だ。入ってきたのだ。

やめて。頭が割れる。叫ばないで。話さないで。泣かないで。

痛みに気を失いかけた。しかし次の痛みが、それを許さない。

どうして？　富永さんが連れていったのに。洞窟の注連縄も張り直して、もう二度と戻らないはずなのに。あの世だか黄泉の国だかに、還したと思ったのに。

——あたしの願い。

能美の声が響く。逸子は懸命に頭を振った。いくども左右に振った。

ノゾミくんはいない。あなたは死んじゃったの。戻ってよ。自分の居場所に還ってよ。

——あたしの願い、あたしの夢。

だからノゾミくんにも誰にも、そんな力なんてない。話さないで。叫ばないで。痛い。頭が割れそう。

逸子は床を転がった。身体が跳ね回っている。制御できない。

わたしにはなにもしてあげられない。戻って、自分の居場所に。出てって。やめて。頭の中でわめかないで。頭。頭が痛い。頭が。頭。頭。

逸子の身体が高く飛んだ。喉の痛みに、自ら首を絞めそうになる。懸命に踏みとどまった。床を転がって耐えた。ナースコール、ナースコールはどこ？　届かない。

——あたしの願い、あたしの望み、誰もかなえてくれないのなら、あたしは自分で、あたしがかなえる、あたしが、あたしの、あたしの居場所を、あたしの、あたしの、あたしの。

どういうこと？

――あたしの、あたしの、あたしの、あたしの、あたしの、あたしの、あたしの、あたしの、あたしの、あたしの、あたしの、あたしの、あたしの、あたしの、あたしの。

待って。あのSNSには、なんて書いてあった？　和多田さんは、なんて言ってた？　能美の願いってなに？　能美にとっての居場所って？

……………そばにいたい。ずっと。のぞみくんのそばにいたい。それだけが願いだったのに。

ああ、そんな。わたしは嫌。わたしだって願いがある。夢があるの。自分のために夢を実現させる。そして克己を待つ。克己と話すの。わたしの、あたしの。わたしだけの譲れない夢。あたしだけの譲れない夢。

――あたしの、あたしの、わたしの、あたしの、あたしの、わたしの、あたしの、あたしの、わたしの、あたしの、あたしの、あたしの、あたしの、あたしの、あたしの、あたしの、わたしの、あたしの、あたしの、あたしの、あたしの、あたしの、わたしの、あたしの。

いや。助けて。誰か、誰か来て。克己、助けて。助けて。助けて。

――あたしの、あたしの、あたしの、あたしの、あたしの、あたしの、いやよ、あたしの、あたしの、いやよ、あたしの、あたしの、いやよ、あたしの、あたしの、たすけて、あたしの、あたしの、いやよ、あたしの、あたしの、あたしの、いやよ、あたしの、あたしの、あたしの、やめて、あたしの、あたしの、あたしの、たすけて、あたしの、あたしの、たすけて、あたしの、たすけて、あたしの、たすけて、あたしの、あたしの、あたしの、いやよ、あたしの、たすけて、あたしの、たすけて、あたしの、たすけて、あたしの、たすけて、たすけて、たすけて、たすけて、たすけて。

第七章　日曜日

小澤望は、洲原の浜で波の音を聞いていた。

空は幾重にも雲を巻き、海に向かって雨を落とす。鈍い灰色の風景の中、赤い傘が見えた。自分にまっすぐ近づいてくる。

「遠山さん？　どうしたんですか、こんなところで」

「きっといらっしゃると思ってました。開店前の日課だそうですね。いつも同じ時間にこの海岸に来て、しばらく海を眺めているって」

「……その話、したことありましたっけ」

うふふ、と赤い傘の下から笑い声がする。

「ここからお店が見えるんですね。お店からも、ここが見えるんでしょ。カフェフォレストの前にあった喫茶店は地の利が悪くて、結局つぶれてしまいました。どうして小澤さんがそんな場所のお店を借りたのか、不思議だった。ちょっと隠れ家っぽくて素敵だけど」

「そう思っていただける人が多くて、なんとか続けられています」

「奥様のサーフボード、この海岸に流れ着いたんだそうですね。小澤さんはずっと見守っていたかったんですね、この浜を。小澤さん、指輪を外してらっしゃらないし、とても愛してたんですね」

小澤は視線を自分の左手に向けた。

「普通ですよ。ごく普通の夫婦です。普通に仕事をして、休日は趣味を楽しんで。子供がいなかったこともあって、互いの趣味を尊重しあってました。結婚して八年くらいにはなってたし、友だちが同居してるみたいな感じです。さほど特別な関係じゃないですよ」

「そういうお話を聞くと、ちょっと羨ましいです」

「あの日、僕はまだベッドの中でした。出かけるよと早朝に声をかけられただけで、どんな表情をしていたのかさえ、今ではわからない。そのまま妻は波に消えてしまった。一緒に出かけた妻の友人たちが手を尽してくれたけど、僕は海のことはなにも知らなくて、役立たずで。だから」

「せめてそばにいようと?」

小澤は海に目を向けた。

「お店を開かれる前に、何度もこちらに来て、地元の人からお話を聞いていらしたそうですね。さっき、自治会の長老さんで、元漁師さんだとおっしゃる方に伺いました。その方も朝早くから、海を眺めていらしたんです」

ああそうか、自分のことはその人に訊いたのだなと、小澤は納得した。

「それは調べますよ。独立して、自分の店を持とうというのだから」

「いいえ。海で死んだ人の魂が洞窟を通ってあの世に行く、夏至のあとの満月、大潮のときに洞窟の底から死者がやってくるという、あの言い伝えのことです。地元でも古い方しかご存じないそうですね。海の神様を祀（まつ）っている、だから注連縄を張っている、ただそれだけだと思っていらっしゃる方が多いとか」

「地域の祭礼はどこも風化してますよ。山もそうです。意味は忘れて、行為だけが残る」

「小澤さんはとても熱心に訊ねていたと伺いました。他のご老人の方にもお話を聞き、図書館や公民館で資料を見て。長老さんは、小澤さんが奥様を亡くしたことを知っていました。気持ちを納得させたいのだろうと思っていたそうです。でも……」

　雨がゆっくりと激しさを増していた。雨粒の跡が砂浜に彫られていく。抉（えぐ）られ、そして崩れていく。

「……ナイフで切られた跡があったそうです、洞窟の注連縄。生徒たちが足に引っ掛けて切ったわけじゃないんです。最初から切られていた。夏至のあとの満月、大潮。そのときに合わせて」

　小澤はゆっくりと目を閉じた。潮のにおいが鼻腔をくすぐる。

「切ったのは小澤さんですよね。奥様が戻ってくるかもしれない、洞窟からやってくるかもしれない、そう思って」

「……ただの言い伝えですよ。昔こんなことがあったらしい、誰かが戻ってきたらしい、ただの伝聞だ。遠山さんの調べていた都市伝説と同じだ。あなただって、そう言ってたじゃないですか」

「でも、小澤さんは信じたんでしょ。だからあの日、早じまいをした。迎えにいくために」

　波が引き、また打ち寄せた。波の音に紛らせて、小澤は小さな溜息をついた。

「黄泉比良坂の神話に似ていると、僕は言いましたよね。神話の最後は覚えていますか？　イザナギは死んだ妻イザナミを諦めきれず、黄泉の国に訪ねて行くんです。つれて帰ろうと。でもイザナミはすでにその国の食べ物を口にしていた。身体は腐り、蛆が湧き、悪臭が漂い、けがれから生まれた雷神がいて、もとのイザナミではなかった。その姿をイザナギは見てしまった。見てはいけないと念を押したのにとイザナミは怒り、何匹もの鬼を差し向けてイザナギを殺そうとした。でも失敗して、最後には自ら追いかけてくるんです」

「殺しにくるんですか。怖いですね」

「悲しかったんですよ、イザナミは。せっかく連れ戻しにきてくれたと思ったのに、イザナギは約束を違えた」

「でももう、イザナミは別のモノになってるんでしょう？」

「どんな姿になっていても、イザナミはイザナミだ。たとえ穢れていようとも、魂だけになっていて見えなくとも」

小澤は傘を下ろした。目を閉じ、天を仰ぐ。雨は絶え間なく降りそそぐ。顔を濡らし、滴り落ちる。

「……どんな姿になって戻ってきたとしても、妻は妻なんです。僕にとっては」

「他の人にとっては、連れ帰ってはいけないものだとしても？」

小澤は洞窟に視線を投げた。非難されてもしかたがない。そう思った。

あの日、洲原の浜に迎えにいくはずだった。しかし事故が起き、多くの人が集まってしまい、巻きこまれて浜に降りられなかった。

――けれど。

なにかがそばにいる。それは感じていた。妻かもしれない。そうでないかもしれない。人の手の及ばぬ存在。願いや想い、いろんな意思の集合体。この世に戻りたいと願っている、なにか別の存在。確かめるのが怖かった。確かめて、もし妻ではないとわかったら、どうすればいいのだろうと思っていた。

しばらく沈黙したあと、小澤は言った。

「……そうですね。でも連れ帰らなくてよかったのかもしれません。無事に還せてよかったんですよね」

「ええ、よかった。本当に」

波の音が弾けた。潮のにおいが飛んでいる。

この人たちを苦しめたのは、僕なのだ。

ノゾミという名の少年に願いこそしなかったものの、僕もまた、祈った。

自分だけのために。

妻は戻ってこなかった。別の世界で穏やかに暮らしているのだろう。憎んだり恨んだりする気持ちを持つことのない場所で。寂しいけれど、そのほうが妻は幸せかもしれない。

「お店が再開するのを待ってますね。食べに行きますから」

小澤は耳を疑った。

非難をしに来たのではなく、確かめたかっただけなんだろうか。自分の生徒が注連縄を切ったわけではないと。

「……ありがとうございます。すみませんでした。どうぞ贔屓にしてください」

小澤は腰から身体を折り、頭を下げた。

「こちらこそ、ありがとう。小澤さんのおかげで、あのっ、あのっ、あたしはもう一度——」

「え……?」

赤い傘が笑うように揺れた。小澤が覗きこむと、驚くように目を伏せた。

「な、なんでもありません。あの、いいお店だと思います、あたし」

赤い傘の下、恥ずかしそうな顔で前髪をひっぱっていた。顔を隠すかのように。

小澤はそのようすを不思議そうに眺めた。そういえば遠山に店の早じまいの話などしただろうか。

灰色の砂浜を、赤い傘が去らない。

終章

少女がスマホ越しに会話をしていた。

《ねえ知ってる？　ある人が海岸の洞窟に入ったら、別の人になって出てきたって話》

《あ、それ誰かから教えてもらった。たしかその洞窟は死者の国で、死んだ人の魂が身体に入ってきたんだよね》

どこかで、少年がキーボードを操っている。

《おまえ、海岸の洞窟の伝説って知ってる？》

《ネットで見たことある。海のそばにある洞窟が黄泉の国とつながってる、とかいう話だよな》

《オレは女子が話してるとこに遭遇してさ。けど調べたらなんだかヤバそうなんだよな。だってその死者は生きている人になり替わって……》

噂を求め、別の少年がタブレット端末を睨んでいる。

《お返事ありがとうございます、永瀬剛史さん。都市伝説を語るYouTubeを楽しく拝見しました。それで伺いたい話があるんですが》

《どういたしまして、カツミさん。私が知っている話ならいくらでも教えるよ。でもきみは私になにを対価としてくれるのかな》

《対価、ですか？　それは、いくらぐらいかかりますか？》

《お金じゃないよ。いやね、数ヵ月前にもあったんだよ。話を聞かせてくださいとメッセージが来て、こちらも資料を渡して、その後の進展を教えてほしい、それが情報の対価って言ったんだよね。だけどそれっきり。何度かメッセージを送ったんだけど、まったくの無視。だからはっきり書くことにしただけ》

《代わりに謝ります》

《なぜきみが代わりに謝るのさ。まあいいや。それでカツミさんが訊きたいことはなに？》

《はい。最近聞いた都市伝説なんですが、その成り立ちを調べたくて》

《なんか既視感あるねえ。続けて》

《海岸にある洞窟の話です。その洞窟から死んだ人がやってくる。それに出会った人は取り憑かれてしまう、そんな話です》

《洞窟の先に黄泉の国がある、というのは大昔からある考え方だよ。黄泉の国がある以上は、その洞窟から死者がやってきてもおかしくないね》

《はい。まさにその一種だと思います。ただ続きがあって。そこからやってきた死者は、生きている人間の身体を奪って復活するんです。外見はそのまんまなのに、ある日突然、中身が死人とすり替わる。死者がもとの人になり替わってしまうっていう》

《身体を奪われた人はどうなったのかな》

《そこなんです！　もとの人がどうなったか知りたいんですよ》

《単純に考えて、どうもならないんじゃないの》

《どういうことですか？》

《なり替わったままで生きていくんだろうね。ただその人を殺せば、死者も黄泉の国に戻せるような気がするよ》

《それじゃダメなんですよ！　オレ、なり替わったヤツをひっぺがして、もとの人に戻すための方法を探してるんです。殺しちゃうんじゃ困ります》

《困る、ねえ。きみ、なにがあったの？》

《オレが寝てる間に、オレの大事な人がおかしくなってしまったんです。人格が入れ替わってしまった。どうみても別人》

《寝てる間？　夢でも見ていたんじゃないの？》

《夢じゃありません。正確には寝ていたんじゃなく、オレ、怪我をして意識不明だったんです。起きたらそういうことになってて》
《それは大変だったね》
《お気遣いありがとうございます。オレ、いろいろ調べました。オレの住む街に、洞窟が黄泉の世界との通り道になっているって古い話があって、知らなかったんだけど、オレ、その禁忌を破ってしまったみたいなんです。でもその話をしても、誰も信じてくれない。気のせいだって言われる。でも気のせいじゃないんです。もとに戻したい。絶対に助けないと。そんなとき、さっき言った都市伝説に出会ったんです。これは調べなくてはと思いました》
《調べる、ねえ》
《そうです。調べれば、なにかもとに戻す方法がわかるんじゃないかと思って》
《なるほどね。ところできみ、今みたいに、その話をいろんなところで訊ねまわっているんじゃないかな》
《はい。なんとしても、戻す方法を見つけなきゃ》
《きみがそうやって話を聞きまくってるから、本当にあったことのように思われて、噂が生まれてるんだよね》
《噂が生まれてる？》
《実はね、そこを確認したくて、きみと話をしようと思ったんだ。海岸にある洞窟から死者がやってきて他人となり替わるという話は、最近流れはじめた都市伝説だ。きみはそのきっかけを作ってしまったんだよ。きみ自身が都市伝説を生みだしているんだ》
《嘘でしょ。オレが生みだしているんですか》
《そうだよ。これこれこういう話を知りたいんです、という問いかけが、こういう話を知りたいと訊ねられた、というつぶやきになり、それが増えて、こういう話があるって聞いたんだけど知ってる？　という噂になって定着する。都市伝説の発生を体験できるのは興味深いけれど、正直褒められた行為じゃないなあ》
《でも本当に困ってるんです。もとに戻したいんです。お願いします。力を貸してください》
《きみ、今言ったこと、理解してるの？　自分がやっていることの自覚はあるのかな》
《情報を提供します。永瀬さんの YouTube のネタにしてもらってもいいです。なんでもします。協力してください》
《その提供は、私の求めるものじゃないな。私が求める対価は、きみが黙ることだよ》
《黙れませんよ。だってどうすればいいんですか。もとに戻したいだけなんです》
《お願いです。協力してください。オレの願い、応えてください》

《あの、永瀬さん、返事ください。見てますか?》
《永瀬さーん》
《お願いです。永瀬さん。協力してください。お願いです。お願いです》

海岸に小瓶が流れつくように、液晶画面に漂う言葉が、答えを知っている誰かのもとに辿りつくのではないか。どこかに教えてくれる人がいるのではないか。お願いです。お願いです。誰か教えてください。お願いです。お願いです。誰か教えてください。

オレの願い、応えてください。

彼は今日も、訊ねている。

《願いごと、応えてくれる人、知ってるよ》
《本当ですか? ずっと探してきたんです。ぜひ教えてください》
《ノゾミくん。知ってる?》

参考文献

『古事記』　西宮一民＝編　桜楓社　昭和48年初版発行　昭和61年重版発行
『古事記物語』　鈴木三重吉　角川文庫　昭和30年初版発行　昭和43年31版発行　昭和61年改版27版発行
『出雲国風土記』　沖森卓也・佐藤信・矢嶋泉＝編著　山川出版社　平成17年第1版

本書は、書き下ろしです。

ノゾミくん、こっちにおいで

水生大海

2020年12月5日　第1刷発行

発行者　千葉 均
発行所　株式会社ポプラ社
〒102-8519　東京都千代田区麹町4-2-6
電話　03-5877-8109(営業)　03-5877-8112(編集)
ホームページ　www.poplar.co.jp
フォーマットデザイン　bookwall
校正・組版　株式会社鷗来堂
印刷・製本　中央精版印刷株式会社

N.D.C.913/318p/15cm　ISBN978-4-591-16845-5

P8101420